O CLUBE DOS ANJOS

ALFAGUARA

O CLUBE DOS ANJOS

LUIS FERNANDO VERISSIMO

Grafia atualizada segundo o Acordo Ortográfico da Língua Portuguesa de 1990, que entrou em vigor no Brasil em 2009.

Capa e projeto gráfico Casa Rex
Revisão Eduardo Russo e Sorel Silva

Os personagens e as situações desta obra são reais apenas no universo da ficção; não se referem a pessoas e fatos concretos, e não emitem opinião sobre eles.

Dados Internacionais de Catalogação na Publicação (CIP)
(Câmara Brasileira do Livro, SP, Brasil)

Verissimo, Luis Fernando
O clube dos anjos / Luis Fernando Verissimo. - 2ª ed. - Rio de Janeiro : Alfaguara, 2022.

ISBN: 978-85-5652-150-7

1. Ficção brasileira I. Título.

22-133269 CDD-B869.3

Índice para catálogo sistemático:
1. Ficção : Literatura brasileira B869.3

Cibele Maria Dias - Bibliotecária - CRB-8/9427

[2022]

EDITORA SCHWARCZ S.A.
Praça Floriano, 19 — Sala 3001 — Cinelândia
20031-050 — Rio de Janeiro — RJ
Telefone: (21) 3993-7510
www.companhiadasletras.com.br
www.blogdacompanhia.com.br
facebook.com/editora.alfaguara
instagram.com/editora_alfaguara
twitter.com/alfaguara_br

TODO DESEJO É UM DESEJO DE MORTE.

POSSÍVEL MÁXIMA JAPONESA

1.
O ENCONTRO

Lucídio não é um dos 117 nomes do Diabo, nem eu o conjurei de qualquer profundeza para nos castigar. Quando falei nele para o grupo pela primeira vez, alguém disse "Você está inventando!", mas sou inocente, até onde um autor pode ser inocente. As histórias de mistério são sempre tediosas buscas de um culpado, quando está claro que o culpado é sempre o mesmo. Não é preciso olhar a última página, leitor, o nome está na capa: é o autor. Neste caso, você pode suspeitar que sou mais do que o autor intelectual dos crimes descritos. Que meus dedos não se limitaram à sua dança tétrica nos teclados mas também derramaram o veneno na comida, e que interferi na trama mais do que é o direito dos autores. As suspeitas se baseiam na lógica, ou na lógica peculiar das histórias de mistério. Se só um estiver vivo no fim, eis o criminoso. Se dois estiverem vivos mas um é inventado, o outro é o criminoso. Eu e Lucídio somos os únicos sobreviventes desta história, e se eu não o inventei, e como são poucas as probabilidades de ele ter me inventado, o claro culpado é ele, já que era o cozinheiro e todos morreram, de uma forma ou de outra, do que comeram. Se o inventei, a culpa é toda minha. Não posso nem alegar que, se Lucídio é inventado, toda a história é inventada, e portanto não há crimes nem culpados. Ficção não é atenuante. Imaginação não é desculpa. Todos nós matamos em pensamento mas só o autor, esse monstro, põe seus crimes no papel, e os publica. Se não matei meus nove confrades e irmãos em obsessão, sou culpado da ficção de tê-los matado. Preciso convencer você que não inventei o Lucídio para provar que sou inocente desses terríveis crimes. E preciso convencê-lo que a história é verdadeira para provar que sou inocente da ficção. O crime inventado é pior do que o crime real. Pois se o crime real pode ser acidental, ou fruto de uma paixão momentânea, não há notícia de um crime fictício que não tenha sido premeditado.

Posso dar hora, dia, mês e local do nosso primeiro encontro. Se quiser testemunhas, procure os funcionários da importadora. Eles me conhecem, gasto uma pequena fortuna em vinhos na loja deles, todos os meses. Perguntem pelo dr. Daniel, o gordo que gosta de vinhos Saint-Estèphe. Não sou doutor, sou rico, por isso me chamam de doutor. Eles devem ter notado o contraste entre mim e Lucídio, quando ele se aproximou de mim no setor dos Bordeaux, em fevereiro. Há exatamente nove meses. Ele é magro, baixo, com uma cabeça grande desproporcional ao corpo, e extremamente elegante. Está sempre de terno e gravata. Eu sou alto e corpulento, uso camisas largas para fora das calças e já fui visto de alpargatas no Ducasse de Paris. Os funcionários devem ter notado e comentado o contraste. E lhe dirão que a loja estava vazia e que começamos a conversar na frente dos Bordeaux e percorremos toda a loja juntos, e nos chilenos já parecíamos velhos amigos. Talvez se lembrem que eu comprei um Cahors, que normalmente não compraria, por indicação dele. E que saímos juntos da loja. Fomos vistos. Lucídio existe. Juro. Pergunte na loja.

Os funcionários da loja não sabem que depois fomos tomar um café, ali no shopping mesmo, e sentamos para conversar mais um pouco, já que nossos interesses combinavam tanto. Comida e bebida, não passamos destes naquele primeiro encontro. Ele move-se com discrição e faz poucos gestos. Senta com as costas retas e quase não mexe a cabeça. Eu nunca chego, simplesmente, numa cadeira ou numa mesa, eu atraco. Um processo difícil, na falta de rebocadores. Naquele dia, derrubei um açucareiro e quase derrubei a mesa e deixei cair o vinho antes de encontrar minha posição na cadeira e chamar a garçonete. Minha namorada, a coitada da Lívia, sempre diz que eu nunca sei de quanto espaço preciso, e que isso vem de uma infância de gordo mimado. Algo a ver com ser um filho único que nunca conheceu limites. A coitada da Lívia é psicóloga e nutricionista, há anos que tenta me salvar. Eu não sou o seu amante, sou a sua causa. Já tive três mulheres e as três queriam o meu dinheiro. A Lívia não quer o meu dinheiro. Quer ser a mulher que me recuperará, o que eu acho muito mais interesseiro e assustador. Talvez por isso eu resista tanto a casar com ela, quando não resisti nada a casar com as outras, mesmo sabendo que não me amavam pela minha barriga. Vivemos separados, mas ela cuida da minha casa e das minhas roupas e tenta, inutilmente, cuidar da minha alimentação. Tenho certeza que, se pudesse, limitaria meu alimento ao leite dos seus peitos e a fibras, muitas fibras. Também falo alto e demais, outro efeito de uma infância sem limites. Lívia me convenceu que toda a tragédia da minha vida se deve à falta de alguém que um dia dissesse: "Daniel, chega!".

Me lembro que quase só eu falei naquele primeiro encontro com o Lucídio. Contei do nosso clube. Disse o nome de todos que compunham o clube, e a cada nome o Lucídio dizia "Ah" ou "Hmmm", para mostrar que estava impressionado. Afinal, eu citara nove das famílias mais conhecidas do estado. No fim disse o meu sobrenome, que também o impressionou. Ou pelo menos ele fez outro ruído de reconhecimento, sempre com seu meio-sorriso apertado. Curiosamente, Lucídio nunca mostra os dentes.

Não. Ele disse "Eu sei"! Agora me lembro. Quando eu disse o meu nome completo, Daniel e o sobrenome, ele disse "Eu sei"! O que já provava, você deve estar pensando, que o encontro não tinha sido casual. Mas ele podia ter me reconhecido de alguma fotografia. Anos atrás, quando o Ramos comandava nossas vidas, saía muita coisa a nosso respeito na imprensa. Na crônica social ou em revistas especializadas em comida e bebida. Ele podia nos conhecer de fotografias, conhecer os dez de fotografias e reputação. Continuávamos a nos reunir uma vez por mês para comer. Dez meses por ano, de março a dezembro. Cada vez na casa de um, que era o responsável pelo jantar. Naquele março, começaríamos outra temporada, e eu estava encarregado do primeiro jantar do ano. Mas era possível que a temporada não começasse. Lucídio quis saber por quê.

— O grupo está acabando. Acabou o tesão.

— Há quantos anos vocês se reúnem?

— Vinte e um. Vinte e dois, este ano.

— Sempre o mesmo grupo?

— Sim. Não. Um morreu e foi substituído. São sempre dez.

— Vocês têm todos mais ou menos a mesma idade?

Se Lucídio estivesse fazendo anotações em cima daquela mesa de café, isto não destoaria do tom das suas perguntas. Mas na hora eu não notei o tom de questionário. Contei tudo. Contei a história do Clube do Picadinho. Lucídio só interrompia seu sorriso de boca fechada para dizer "Ah" ou "Hmmm".

Éramos todos mais ou menos da mesma idade. Todos mais ou menos ricos, se bem que nossas fortunas tinham fluído e refluído em vinte anos. Eram fortunas herdadas, sujeitas às inconstâncias do caráter e do mercado. A minha tinha sobrevivido a três casamentos desastrosos e a uma vida dedicada a histórias estranhas, que coleciono, e ao ócio desajeitado, mas só porque tenho um pai que me paga para não incluir os negócios da família no meu perímetro de destruição. Éramos todos da mesma idade, fora o Ramos, e da mesma classe. E fora o Samuel e o Ramos, tínhamos nos criado juntos. Pedro, Paulo, Saulo, Marcos, Tiago, João, Abel, eu. De reuniões quase diárias no bar do Alberi, na adolescência, e do picadinho de carne com farofa de ovo e banana frita do Alberi que durante anos definiu o nosso gosto culinário, tínhamos progredido para jantares semanais em restaurantes diferentes, depois para reuniões mensais na casa de cada um. E com o tempo e as preleções do Ramos, tínhamos refinado o nosso gosto. Embora o Samuel insistisse que nada na vida se igualava à banana frita.

— O anfitrião sempre cozinha?

— Não necessariamente. Pode cozinhar, pode servir comida feita por outro. Mas é o responsável pela qualidade do jantar. E pelos vinhos.

— O que aconteceu? Não entendi.

— O que aconteceu?

— O tesão. Você disse que acabou o tesão.

— Ah, é. Foi. Acho que com a morte do Ramos... Ramos foi o que morreu. Era o nosso organizador. Fez os estatutos, mandou imprimir papel timbrado, os cartões, até desenhou o brasão do clube. Levava a coisa a sério. Depois que ele morreu...

— De aids.

— É. A coisa mudou. O último jantar do ano passado foi uma tristeza. Era como se ninguém mais aguentasse ver a cara do outro. Foi na casa do Kid Chocolate. Do Tiago. A comida estava ótima, mas o jantar acabou mal. Deu até briga entre as mulheres. E isso que era o último jantar do ano, que é sempre especial. Perto do Natal. Acho que nos dois últimos anos, depois da morte do Ramos...

— Vocês foram perdendo a motivação.

— A motivação, o saco, o tesão...

— Tudo menos a fome.

— Tudo menos a fome.

Estava começando o movimento da noite no shopping. Pedimos mais dois cafés. Enchi o meu de açúcar, como sempre, derramando algum em volta do pires. Quando eu vi, estava contando não apenas a lenta desagregação do nosso grupo mas a biografia da nossa fome. O que acontecera com ela e conosco em vinte e um anos.

No início, não era apenas o prazer de comer, beber e estar juntos que nos unia. Havia a ostentação, sim. Depois que trocamos o picadinho do Alberi por coisas mais finas, nossos jantares passaram a ser rituais de poder, mesmo que não soubéssemos então. Podíamos comer e beber bem, por isso comíamos e bebíamos do melhor e fazíamos questão de ser vistos e ouvidos no exercício do nosso privilégio. Mas também não era só isso. Não éramos só filhos da puta. Éramos diferentes, e festejávamos a nossa amizade e a nossa singularidade naquelas celebrações barulhentas de um gosto comum. Tínhamos um discernimento superior da vida e dos seus sabores, o que nos unia mesmo era a certeza de que nossa fome representava todos os apetites que um dia nos dariam o mundo. Éramos tão vorazes, no começo, que qualquer coisa menos que o mundo equivaleria a um coito interrompido. Queríamos o mundo, acabamos como fracassados municipais, cada um na sua merda particular. Mas me adianto, me adianto. Para, Daniel. Ainda estamos no café do shopping, e eu estou derramando a minha vida na mesa, diante do Lucídio, junto com o açúcar.

Na noite em que o Ramos decidiu formalizar a fundação do Clube do Picadinho, em honra ao nosso passado de gourmands ignorantes, eu, o Marcos e o Saulo tínhamos recém-fundado a agência, depois que convenci meu pai que meus dias de vagabundagem estavam acabados e eu merecia um financiamento, ou pelo menos vários anos de mesadas adiantadas, para ter meu próprio negócio. Estávamos cheios de planos, em pouco tempo seríamos estrelas no mercado publicitário. O Marcos com a sua arte, eu com os meus textos e o Saulo com seu talento para relacionamento, vendas e enrolação criativa. O Paulo se elegera vereador. Tinha ideias de esquerda que destoavam do seu saldo bancário e do nosso convívio, nos chamava a todos de reacionários de merda, mas era brilhante. Sabíamos que teria uma bela carreira política, dentro das restrições da época, ajudado pelo fato de ter um irmão no Dops. Tiago começava a fazer seu nome como arquiteto. Pedro finalmente assumira a direção na indústria da família, depois de passar um ano na Europa com a Mara, por quem nós todos éramos apaixonados, numa lua de mel que se estendera por várias luas apesar dos apelos da família para que voltassem. João, nosso esperto João, que nos ensinava a aplicar no mercado de capitais e era o nosso supridor de charutos e anedotas, começava a ganhar dinheiro "obscenamente", na palavra do Samuel. Abel, nosso bom e emotivo jesuíta especialista em grelhados, tinha recém-deixado o escritório de advocacia do pai para abrir seu próprio escritório. Como o Pedro, também estava recém-casado. Sua euforia, na época, era uma mistura da culpa que sentia por ter se livrado da dominação do pai, do entusiasmo pelo novo escritório e do choque sexual da união com a Norinha. Que, ele não sabia, já tinha dormido com dois do grupo, e inclusive apanhado do Samuel. Era Abel que às vezes interrompia nossas autocelebrações para dizer "Pessoal: momento mágico. Momento mágico!", sempre estragando, claro, a mágica do momento. O que Samuel atribuía à necessidade de epifanias constantes que sobrara do seu passado religioso.

Samuel. O melhor e o pior entre nós. O que mais comia e o que nunca engordou. O que mais nos amava e mais nos insultava, e cuja palavra preferida era "crápula", usada para definir todo mundo, desde "Ó esse crápula" para chamar o garçom até "Santo Crápula" para o papa. O mais lúcido e o mais obsessivo de todos — e o que morreu por último, morreu na minha frente, este mês, e morreu pior. E finalmente o Ramos. O que nos convenceu que a nossa fome não era só fome física, que éramos iluminados, que a nossa voracidade era a santa voracidade de uma geração, ou que pelo menos não éramos filhos da puta completos. Ramos fazia os discursos nas nossas reuniões, "Os sermões do crápula-mor", como dizia o Samuel. Tudo começara com ele. Foi ele que transformou um dos nossos jantares normais numa solenidade, e inaugurou o clube "com os dez que estão nesta mesa, e nunca mais do que estes dez", até que a morte ou as mulheres nos separassem. Depois molhou pedaços de pão no vinho para que todos os mastigassem em conjunto e engolissem, valendo o gesto como um voto sagrado de adesão, uma cerimônia que comoveu muito ao Abel pela sua alusão eucarística.

No começo, Ramos era o único gourmet autêntico do grupo. Ele nos catequizou, pôs ordem e estilo na nossa fome. Nos convenceu que a primeira decisão do Clube do Picadinho deveria ser a de renunciar ao picadinho do Alberi como parâmetro de valor gastronômico para sempre. Houve resistência. Durante muitos anos, sempre que queria irritar o Ramos, Samuel defendia o valor da banana frita. Mas Samuel comia qualquer coisa. E, suspeitávamos, qualquer um. Ramos nos ensinou que estávamos exercendo uma arte única, que a gastronomia era um prazer cultural como nenhum outro, pois nenhum outro trazia aquele desafio filosófico: a apreciação exigia a destruição do apreciado, veneração e deglutição se confundiam, nenhum outro ato se igualava a comer como exemplo de percepção sensorial de uma arte, qualquer arte, salvo, ele imaginava, passar a mão na bunda do *Davi* de Michelangelo. Ele tinha vivido algum tempo em Paris e foi dele a ideia das nossas excursões à Europa, com visitas a restaurantes famosos e vinhedos, que ele mesmo organizava, com meticulosidade "típica de veado", segundo Samuel. E foi dele a advertência de que quando deixássemos as mulheres participar do clube, tudo desandaria. Aqueles dez e nunca mais do que aqueles dez, ou o encanto se perderia e estaríamos condenados. Também foi um profeta.

Não sei por que contei tudo isso para alguém que mal conhecia. Talvez porque nunca antes tivera um ouvinte tão atento. Lucídio estava imóvel, as mãos juntas postas sobre a mesa como um embrulho bem-feito que ele só desfazia para tomar outro gole de café. O meio-sorriso com os lábios fechados nunca deixou seu rosto. Estava ficando tarde. Eu precisava voltar para casa e telefonar para Lívia, que se preocupava com aquelas minhas idas ao shopping sozinho. Eu morava perto, ia e voltava a pé, ela dizia que com meu tamanho e dificuldade de movimentos só não era assaltado na rua porque os assaltantes desconfiavam. Era fácil demais, eu devia ser uma armadilha. Convidei o Lucídio para ir ao meu apartamento. Queria lhe mostrar meus vinhos. Mas queria continuar contando nossa história. Sei lá por quê. No jantar do Natal o Samuel tinha dito uma frase em latim, do *Satyricon*. No fim das contas, tudo é naufrágio. Algo assim. Lucídio tinha me encontrado em meio ao naufrágio, quase submerso, só com a boca para fora, e com a loquacidade desesperada dos moribundos. Eu precisava contar a tragédia da minha vida e da vida dos meus amigos e finalmente tinha encontrado um ouvinte atento. E alguém que não me recomendaria fibras, muitas fibras.

Só muito depois me dei conta de uma coisa. Como o Lucídio sabia que o Ramos tinha morrido de aids? Ele não sabia, fora só um palpite? Ele conhecia o Ramos e a causa da sua morte, e deixara escapar por distração? Ou estava me dando a primeira pista, a razão de ter entrado nas nossas vidas para nos envenenar?

2.
A ESCAMA

Às vezes penso que fiz no meu apartamento o que gostaria de fazer no meu cérebro. Renunciei a tudo que atravanca. São dois salões imensos, tão vazios que parecem preparados para um baile, que nunca sai. Dois compridos sofás brancos contra paredes brancas, em ângulo, chão de parquê nu e cortinas bege nos janelões, minha única concessão à cor. Ou à Lívia. E só. Quando os jantares do grupo são, eram, no meu apartamento, eu colocava a grande mesa no centro do salão maior. No resto do ano a grande mesa fica desmontada e as cadeiras empilhadas na área de serviço e eu como na mesa da cozinha. Lucídio examinou tudo com seu meio-sorriso e ficou em silêncio. O único comentário adequado aos meus grandes salões vazios.

Já no escritório, com suas paredes forradas de madeira de alto a baixo, fiz o possível para imitar a casa de um casal de esquilos, lembrada da ilustração de um livro infantil que por toda a vida foi meu parâmetro de cálida domesticidade. É como se eu também vivesse dentro do tronco de uma árvore numa floresta nórdica e me alimentasse de nozes armazenadas para o inverno, e sei que todos os meus casamentos deram errado porque nenhuma das três mulheres entendeu que seu papel na minha vida era a de Mamãe Esquilo. Até os abajures são de madeira nodosa, como os do sr. e a sra. Esquilo. Tudo o que eu quero está aqui, numa desarrumação que resiste a repetidas incursões civilizadoras da Lívia. Jornais e revistas espalhados pelo chão. Meus copos. Meus conhaques e *armagnacs*. Meus charutos. Enfim, minhas nozes. E meu computador, no qual escrevo as bobagens que tanto assustam a Lívia, como a interminável história das xifópagas lésbicas, e no qual escrevo isto, neste momento, e espero a segunda vinda do sr. Spector. Mas me adianto, me adianto. No meu tronco de árvore também estão minha televisão, meu videocassete, minhas fitas, meu som, meus discos, tudo de que preciso para resistir ao sítio da neve e dos lobos. Livros, poucos. Só alguns sobre gastronomia e vinhos, e sobre publicidade, nunca lidos, dos tempos da agência que abri com o Marcos e o Saulo, e que fechou em oito meses. Do nosso grupo, só o Ramos lia muito. Tiago lia e relia os livros policiais que comprava compulsivamente e que abarrotavam sua casa. Paulo, depois que renunciara ao marxismo e deixara a política para trabalhar na empresa do Pedro, não lia mais nada. Não sei de onde o Samuel tirava sua cultura, ou a erudição que usava para insultar, como na vez em que comparara a dor do Abel depois do seu divórcio da Norinha com a dor de Filoctetes, cuja ferida aberta e supurante tanto incomodava seus companheiros da *Odisseia* que eles o abandonaram numa ilha deserta. “Nos poupe do seu fedor, Filoctetes”, dizia Samuel para o lamuriento Abel, enquanto nós tentávamos consolá-lo. Mas foi para Samuel, em longas noites de bar e calçada, que Abel despejou sua mágoa e sua raiva até purgar a Norinha da sua vida. "Nada como um confessionário, mesmo para um católico relapso", dissera Samuel. Nunca vi Samuel com um livro. Como Ramos, que nunca nos permitiu nem um vislumbre da sua vida de homossexual, Samuel tinha uma vida intelectual que escondia da turma.

No meu escritório, a única decoração são os quadros do Marcos, dados pelo Saulo. Os horríveis quadros do Marcos estão por toda parte. O lugar de estantes é tomado por duas caves climatizadas para vinhos, que também mandei pintar com veios e nódoas para imitar madeira, como devia ser a cave dos esquilos. Numa das caves coloquei o Cahors comprado na importadora e da mesma cave retirei um Ormes de Pez 82 para tomarmos naquele momento, apesar dos protestos do Lucídio. Quando eu estava abrindo o vinho o telefone tocou. Lívia. Eu tinha esquecido de ligar para ela e fazer meu relatório do dia.

— O que aconteceu?

— Nada aconteceu.

— É a terceira vez que eu telefono! Onde você estava?

— Nada. Fiquei conversando no shopping. Estou com um amigo aqui.

— Não é o Samuel!

O terror de Lívia era o Samuel. O único que visitava os outros regularmente entre os jantares e tentava manter o grupo unido e a nossa amizade viva, embora sua figura lúgubre só servisse para lembrar o que o tempo tinha feito conosco. E embora sua única preocupação durante as visitas fosse falar mal dos outros. Samuel conservava o apetite da sua juventude mas ficara ainda mais magro com o tempo. Suas olheiras e os dentes malcuidados lhe davam um aspecto de decadência que ele fazia questão de ostentar, como que nos forçando a encarar, nele, nossa própria realidade. O corpo do Samuel estava vergado pelo nosso fracasso, seu rosto estava sulcado por todas as nossas promessas descumpridas. Vinte anos antes, nenhum de nós tinha sucesso com as mulheres como o misógino Samuel com seus olhos profundos e sua voz rouca. Nem o Paulo, que, segundo o Samuel, chamava o próprio pau de Cabo Eleitoral e o usava para recrutar eleitoras de qualquer idade e formato, em qualquer lugar ou ocasião, o crápula. Uma vez tínhamos sido obrigados a usar toda a nossa influência coletiva para livrar Samuel da prisão porque a mulher que ele surrara dera queixa à polícia e tinha parentes importantes. Pedro tinha argumentado que devíamos deixá-lo ir preso, para aprender. Talvez soubesse que, realizando o desejo de todo o grupo menos do Ramos, Samuel fora o único que conseguira comer a sua mulher, a Mara da pele branca e dos cabelos escorridos. Vetamos a sugestão de um castigo exemplar para Samuel. O Clube do Picadinho cuidava dos seus. E não se tratava apenas de livrar o Samuel do processo. Tratava-se de testar o nosso poder na cidade. Samuel já me confessara que ficara impotente, que nem bater em mulher o excitava mais. E também ostentava a sua impotência como uma condenação de tudo que tínhamos deixado escapar em vinte anos. "Foi por vocês, seus crápulas. Meu pau flácido é o Cristo deste grupo, desfalecido na cruz. Ele brochou por vocês!" A Lívia tinha certeza que Samuel era um verme maligno que queria puxar meu pé e me arrastar para o seu labirinto subterrâneo, perto do inferno e longe dela. "Até o feitio dele é de um verme", dizia.

— Não, Lívia, não é o Samuel.

— Quem é, Zi?

Zi, diminutivo de Zinho, diminutivo de Danielzinho. Encontrei minha mãe esquilo.

— Você não conhece.

Quase disse que quem estava ali era, na verdade, um anti-Samuel. Um novo amigo muito bem-educado, simpático e elegante, com o que eu presumia fossem bons dentes, e que não oferecia perigo algum.

Mal sabia eu.

Foi naquela noite, fins de fevereiro do ano passado, que o Lucídio me mostrou a escama. Uma pequena escama de peixe plastificada, uns dois centímetros, com um ideograma pintado em branco no plástico, contrastando com o vermelho da escama no fundo. Ele a pescou de dentro da sua carteira, com cuidado. Não sei se andava com a escama sempre na carteira ou se preparara aquele momento. Lucídio ergueu a escama na frente dos meus olhos e disse:

— Sou o único homem no hemisfério ocidental que tem uma destas.

— O que é isso?

— Uma escama de fugu. Pertenço a uma sociedade secreta que se reúne uma vez por ano em Kushimoto, no Japão, para comer o fugu recém-pescado. Eu e um chinês somos os únicos não japoneses na sociedade. Ou éramos. O chinês morreu na última reunião.

— Como?

— Envenenado. O fugu é um peixe venenoso. Se não for preparado por um especialista, treinado em cortar o peixe de uma determinada maneira, pode matar em minutos. O chinês morreu em oito. É uma morte horrível.

Eu sorri. Acho que sorri. Para testar se aquilo era uma brincadeira. Mas o meio-sorriso do Lucídio tinha desaparecido. Não era brincadeira. Ele continuou:

— O treinamento de um preparador de fugu leva três anos. Todos os anos a sociedade faz uma prova, uma espécie de exame final, para saber quem receberá o título de mestre do fugu. É sempre uma turma de dez alunos. Cada aluno testa o fugu recém-pescado que preparou para a prova num voluntário. Se o peixe estiver mal preparado, o voluntário morre na hora. Em minutos.

— E o aluno?

— Repete o ano.

— Os voluntários formam a sociedade...

— Exato. Uma sociedade de dez. Como o índice de reprovação do curso é de trinta por cento e morrem em média três voluntários em cada prova, a renovação é constante. Mas existe uma lista de espera para entrar na sociedade. Eu tive que esperar sete anos.

— O voluntário ganha alguma coisa para participar da prova?

Ele sorriu. Desta vez quase um sorriso inteiro.

— Eu não esperava uma pergunta dessas de você...

— Então, por que...

— Não existe nada parecido com o sabor do fugu cru no mundo, Daniel. E o prazer de comer o fugu é triplicado pelo risco da morte. A perspectiva de morrer a qualquer momento, em segundos, produz uma reação química que realça o sabor do fugu. Você pode comer o fugu normalmente, no Japão, preparado por mestres especializados, com um risco mínimo. Mas só em Kushimoto, uma vez por ano, come o fugu com uma real possibilidade de não sobreviver ao primeiro pedaço. Não existe outra experiência gastronômica igual. Por isso a sociedade é secreta. É o clube de gourmets mais exclusivo do mundo. E, oficialmente, a tal prova não existe.

— Como você a descobriu?

— Disse a um amigo japonês que eu já provara tudo que havia para provar, que não esperava ter qualquer experiência gastronômica nova antes de morrer. E ele disse "Quer apostar?". Curiosamente, nos conhecemos por acaso, numa loja de vinhos.

— Ele fazia parte da sociedade?

— Sim. Por ironia, entrei no lugar dele. Ele morreu feliz. Tinha duas escamas.

— Duas escamas?

— Quem sobrevive a dez reuniões, dez anos, ganha uma escama como esta. Ele teve vinte anos de fugu com o tempero do medo.

— O que está escrito no plástico?

— É um ideograma japonês, com várias traduções possíveis. Pode ser "Todo desejo é um desejo de morte" ou "A fome é um cocheiro sem ouvidos" ou "O sábio e o louco usam os mesmos dentes".

— Tudo isso num ideograma?

— Sabe como são os orientais.

— De quantas provas você já participou?

— Dezessete.

Lucídio inclinou-se para a frente, como se fosse fazer uma confidência.

— E cada vez o tesão é maior.

Tomamos duas garrafas de Ormes de Pez e vários copos de conhaque mas em nenhum momento Lucídio perdeu sua pose rígida e seu semissorriso solícito, ou sequer afrouxou a gravata. Quando eu disse que estava com fome, ele se prontificou a fazer uma omelete, e fez uma omelete como havia tempos eu não provava. Tostada só até o ponto da perfeição por fora, úmida por dentro, espalhando-se no prato com a consistência de uma baba dos deuses. Aprendera a fazer em Paris, onde morara durante algum tempo. Falamos por mais de uma hora sobre omeletes e seus segredos. Perguntei qual era a sua especialidade na cozinha, além da omelete, e ele disse que se dedicava à cozinha clássica francesa e, entre muitas outras coisas, fazia um *gigot d'agneau* respeitável. Não me lembro se eu disse que, por coincidência, aquele era o meu prato favorito. Agora sei que não foi coincidência. Falei na minha preocupação com o primeiro jantar da temporada do Clube do Picadinho, que seria no mês seguinte, sob a minha responsabilidade. Era um jantar importante. Aquele seria o ano em que o Clube se reergueria da sua depressão pós-Ramos ou acabaria para sempre. Depois do desastrado jantar de Natal na casa do Tiago, talvez fosse até difícil reunir os dez em torno de uma mesa, e mais as mulheres. Em vinte e um anos, os dez membros do grupo tinham tido exatas vinte mulheres, contando as minhas três e Gisela, a adolescente que o Abel adotara depois do divórcio da Norinha, e as duas do Pedro depois da Mara, incluindo uma que tivera uma crise de choro ao encontrar o Samuel, que obviamente já conhecia. Que eu soubesse, naquele momento seis estavam com mulheres. A Lívia se recusava a participar dos jantares e várias vezes me pedira para deixar o grupo, e aproveitar o rompimento como ponto de partida para uma dieta séria e uma tentativa de reorganizar minha vida. Até, se eu quisesse, de voltar a trabalhar ou publicar minhas histórias estranhas.

Lucídio se ofereceu para me ajudar no jantar. Aceitei, principalmente porque queria apresentá-lo aos outros. Ele disse não, não, preferia nem aparecer. Afinal, não fazia parte do Clube. Ficaria na cozinha. Sugeri que ele fizesse o *gigot d'agneau,* mas ele disse uma coisa que, na ocasião, me intrigou.

— Não, esse fica para o fim.

E saiu pela cozinha a fazer um inventário das minhas panelas.

Cinco minutos depois de o Lucídio sair do apartamento, recusando minha oferta de chamar um táxi ("Moro perto") e apertando minha mão com uma pequena reverência formal de pés juntos, apesar da intimidade que eu julgara já termos atingido, a Lívia telefonou. Sempre me ligava no fim da noite, para saber o que eu tinha comido e se os lobos não tinham atacado.

— Quem é que estava aí, Zi?

— Depois eu te conto.

— Era uma mulher?

— Não. Depois eu te conto.

Quem era, mesmo, que estivera ali?

Antes de sair, depois de anotar o número do meu telefone, Lucídio pedira permissão para me dar um conselho. Sobre o nosso jantar.

— Claro. Fala

— Não convide as mulheres.

3.
O PRIMEIRO JANTAR

No dia seguinte, um telefonema de Lucídio. Começou a se identificar "O da omel..." e eu o interrompi "Sim, sim, como vai?". Ele disse que estava providenciando os ingredientes para o jantar, embora ainda faltassem duas semanas. Já sabia o que ia fazer. Um *boeuf bourguignon*.

— O Abel vai gostar. É o prato favorito dele.

— Eu sei.

Ele disse "eu sei"? Não sei. Perguntou se eu tinha alguma coisa na cozinha, um certo utensílio de que ia precisar, e eu respondi que sim. Depois perguntou qual era o esquema do serviço no jantar, haveria alguém para ajudar? Respondi que minha madrasta mandaria gente da casa dela. Ele disse que preferia trabalhar sozinho. Ele cozinharia e eu serviria. Eu disse "Tudo bem". Disse que queria pagar pelos ingredientes que ele estava comprando. Ele: "Depois a gente acerta". E depois:

— Você já falou com os outros?

— Ainda não.

— Comece pelo Abel.

Era só o que me faltava. Outra Lívia para me dar ordens e tentar organizar minha vida. Mas confesso que sua intromissão me agradava. Era um tipo interessante, apesar da sua formalidade e daquele maldito sorriso fixo. Eu mal podia esperar a hora de apresentá-lo aos outros e ver a reação deles à história do fugu e da sociedade secreta. Que outras histórias ele não teria para contar? Adoro histórias estranhas. Quanto mais improváveis, mais eu acredito. E seria bom não precisar enfrentar o primeiro jantar da nova temporada sozinho, e ter aquela novidade para apresentar aos confrades. Talvez fosse mesmo o que estivesse nos faltando. Talvez Lucídio reorganizasse todas as nossas vidas. Um homem que arriscava a sua pelo sabor de um peixe mortal era do que precisávamos para nos arrancar daquela espiral de amargura e recriminações mútuas em que a morte do Ramos nos lançara, e nos devolver o sentido da nossa união. Afinal, éramos gastrônomos, não uma ordem religiosa caída em dúvidas ou uma geração amaldiçoada. Mesmo que a história do fugu fosse inventada, era uma inspiração. E o seu jantar seria ótimo, se se pudesse julgar alguém por uma omelete.

Comecei pelo Abel. Que, como eu esperava, não mostrou muito entusiasmo pela continuação do Clube.

— Não sei, Daniel. Quem sabe a gente dá um tempo este ano?

— Abel...

— Aquela última reunião foi dolorosa.

— O prato principal vai ser *boeuf bourguignon*, Abel.

— Ah, é?

Não foi preciso muito mais para convencê-lo.

— Você faz aquela sua sobremesa? A de banana?

— Faço, Abel.

— Nove horas?

— Como sempre.

Depois telefonei para o João, que também relutou. Talvez fosse, talvez não fosse. Estava pensando em deixar o Clube. A reunião do Natal tinha lhe mostrado que estava na hora de parar. "Senão vou acabar dando um soco no Paulo." Em vinte e um anos, João só faltara às reuniões do Clube durante o tempo em que desaparecera para fugir de pessoas cujo dinheiro tinha perdido e que queriam matá-lo, no que só mostravam, segundo Samuel, uma chocante incompreensão do espírito capitalista. Samuel instruía os credores a quebrar vários ossos do João, menos os que lhe permitiriam recuperar seu dinheiro, em vez de matá-lo. E chegava a oferecer uma lista dos ossos de que João não precisaria para ganhar dinheiro e pagar a todos. Mas fora ele quem mais ajudara o João, inclusive escondendo-o dos credores furiosos em sua casa. De onde nos trazia notícias periódicas do asilado. "Está de ótimo humor. Não consigo convencê-lo a se suicidar." E completava com uma das suas citações obscuras: "Um dos maiores enganos da humanidade a seu próprio respeito é que existe o remorso".

— Vamos fazer mais uma tentativa, João — insisti. — Afinal são vinte e um anos.

— Não sei...

João chegara a um acordo com os credores, depois do seu asilo na casa de Samuel. Mas não se regenerara. Era um mentiroso desde garoto e usava seu talento nato para tirar dinheiro das pessoas e depois explicar por que o dinheiro desaparecera. Aquele fora apenas o primeiro de muitos períodos difíceis que tinham acabado com seu casamento e com seu bom nome mas não com seu bom humor e a sua capacidade de contar anedotas. Na nossa reunião do Natal o Paulo tinha gritado "Não!" quando João começara a contar mais uma anedota e o acusara de ser um retrato perfeito da elite brasileira, que atravessava todas as ruínas, inclusive a sua, brandindo a própria inconsequência como um salvo-conduto, como uma absolvição prévia, e dissera que mais uma anedota das suas naquele momento seria uma monstruosidade. Já que ele não procurava a contrição, que ao menos não contasse anedotas. Ao que João respondera dizendo que pelo menos não era um comunista que acabara lambendo os sapatos do Pedro, nosso grande industrial, e defendendo sua empresa contra grevistas com a mesma veemência com que atacava o capital nos tempos de deputado. Abel tentara acalmá-los e também ouvira um desabafo do Paulo, que não aguentava mais aquele tom de santo de quem era, sabidamente, um dos advogados mais espertos e canalhas do estado e ainda por cima pedófilo, e a discussão acabara com a Gisela correndo atrás do Paulo para esfregar na sua cara a carteira de identidade que provava que tinha dezoito anos completos. No fim Samuel citara uma frase em latim, *"Si recte calculum ponas, ubique naufragium est"*, e, diante da expectativa agressiva dos outros, impacientes com a sua maldita erudição, a traduzira. "Se se fizerem as contas certas, o naufrágio é em toda parte. Petronius, *Satyricon*." Depois de um longo silêncio, Paulo dissera "Vá se foder você também, Samuel". E Samuel erguera seu copo e dissera "Feliz Natal para você também, Paulo". A reunião terminara com a nova mulher do Paulo e a jovem Gisela quase trocando socos.

— Nove horas, João.

— Vamos ver.

Depois do maldito jantar de Natal, ficáramos eu, Paulo e sua mulher e Tiago, o dono da casa, fazendo o post mortem da noite, completamente bêbados. Paulo apertara meu rosto entre suas mãos e dissera:

— O que que eu fiz da minha vida, Cascão? O que que eu fiz da minha vida?

Eu mal conseguia manter os olhos abertos. A mulher do Paulo dormia num sofá. Tiago dançava com uma garrafa de conhaque apertada contra o peito. Tiago, o Kid Chocolate. O único do grupo que era quase tão gordo quanto eu.

— Eu sou um merda! — gritara Paulo, sem largar o meu rosto.

— Merda sou eu! — gritara o Tiago. — Sabe o que que eu sou?

— Merda sou eu! — insistira Paulo.

— Sabe o que eu sou? Um fracassado. Pronto.

— Merda sou eu!

— Eu sou um merda fracassado. Sou mais merda que você.

Paulo largara meu rosto e agarrara a cabeça de Tiago.

— Eu sou mais merda do que vocês todos!

— Por quê?

— Porque eu era melhor do que vocês todos. Eu era o melhor de todos! Pra vocês chegarem a merda, não precisou muito. Eu, sim, tive que cair. Eu é que sou mais merda.

Tiago viera apertar meu rosto e pedir minha opinião depois de jogar a garrafa de conhaque longe.

— Daniel, quem é o mais merda?

Mas eu não estava em condições de fazer um julgamento objetivo. Éramos todos merdas. Anos antes, correra o boato de que Paulo entregara antigos companheiros seus que estavam na clandestinidade ao Dops. Nunca quisemos saber se era verdade. O Clube do Picadinho protegia os seus.

Para minha surpresa, vieram todos ao primeiro jantar da nova fase. O Lucídio me pedira o endereço de cada um e mandara a todos o menu, feito num computador com muito bom gosto, inclusive com a ilustração de uma vinheta antiga, e embaixo uma frase dizendo que o jantar seria só para homens. Desde a morte do Ramos não fazíamos nada tão requintado. Durante duas semanas Lucídio entrara e saíra do meu apartamento, sempre formal e elegante, preparando tudo para a grande noite, cuidando de cada detalhe com a dedicação de um maníaco, mas um discreto maníaco com método. Felizmente, nenhuma das suas visitas coincidiu com uma das visitas de inspeção da Lívia. Pensando bem, até hoje, a Lívia nunca viu o Lucídio. No dia do jantar ele chegou às sete da manhã e passou o dia inteiro na cozinha. Na qual, obedecendo a sua orientação, eu só entraria uma vez, para preparar minha sobremesa de banana. Foi quando vi que ele cozinhava enrolado num grande avental que chegava quase até o chão e com um toque profissional na cabeça. Mas de gravata.

O primeiro a chegar foi André, que entrara para o Clube no lugar do Ramos. Tinha um laboratório farmacêutico, talvez fosse, de todos nós, o mais rico, depois dos últimos problemas financeiros do João e da quase falência da indústria do Pedro. Em dois anos de participação no Clube não conseguira se integrar no grupo e tinha um certo pânico da verbosidade do Paulo, da agressividade do Samuel e da nossa crescente tendência para o caos. Fora proposto ao grupo pelo Saulo, que cuidava das relações públicas da sua empresa, e nos recebera para jantar no seu palacete por duas vezes, servindo paella, sua especialidade, nas duas. Era um homem fino, tímido, mais velho do que todos nós. Sua mulher tinha a pele do rosto esticada por várias operações plásticas e no jantar de Natal na casa do Tiago reagira com indignação a uma referência do Samuel ao seu marido, até o André explicar que "crápula", no caso, era um termo carinhoso. Era crápula no bom sentido. O pobre do André entrara para o grupo esperando encontrar o convívio ameno de pessoas civilizadas, *"le crème de le crème"* como dissera sua mulher ao nos conhecer, errando o artigo, e se vira no meio de um interminável festim de ressentidos, sob o olhar aflito do Saulo, preocupado com a repercussão do nosso destempero nos seus negócios. Não sei por que André não tinha abandonado o grupo. Nem a comida compensava seu evidente desconforto no nosso meio, pois os jantares ficavam progressivamente piores à medida que nosso desentendimento aumentava. Mas, segundo o Saulo, que senso crítico se poderia esperar de alguém cujo padrão culinário era a paella?

— Gostei do menu impresso — disse André.

Pouco depois chegou o Samuel abanando o menu.

— De quem é esta frescura? Parece coisa do Ramos.

João e Paulo chegaram ao mesmo tempo, por coincidência. Era óbvio que não tinham se falado no elevador. João ficou no salão e Paulo foi para o escritório. Não queria conversa com ninguém. Tiago também chegou soturno e atirou-se num dos sofás. Saulo e Marcos chegaram juntos como sempre e Saulo avisou que talvez tivesse que sair mais cedo. A primeira coisa que Abel perguntou ao chegar foi se Paulo tinha vindo, pois preferia ficar longe dele. Disse que só comparecera por minha causa, porque o jantar era meu, pois estava pensando seriamente em deixar o grupo. O último a chegar foi Pedro, precedido pelo perfume da sua loção. Ele morava com a mãe e havia uma séria desconfiança de que a dona Nina ainda lhe dava banho todos os dias. Quando Pedro entrou estava parte do grupo no escritório, olhando a televisão sem se falar e os outros espalhados pelos dois sofás brancos do salão, tristes e quietos, como que resignados ao fato de que ninguém os tiraria para dançar. Se eu tivesse que escolher um quadro para resumir o fim melancólico do Clube do Picadinho, seria aquele. Só André e eu conversávamos, ele por nervosismo e eu por cortesia e compulsão. Depois que Pedro chegou convoquei todos para o salão e fui buscar o champanhe. Na cozinha, Lucídio apontou a grande bandeja de canapés que preparara e me ordenou que viesse buscá-la depois de servir o champanhe. No salão, fizemos os nossos brindes de costume, contrafeitos. Primeiro "À fome". Depois "Ao Ramos". Samuel propôs um terceiro, "Ao nosso calor humano", que só André acompanhou, até se dar conta de que era ironia. Fui buscar a bandeja de canapés e ofereci a cada um. Paulo perguntou quem estava preparando a comida, já que o aroma que vinha da cozinha prometia. Comecei a dizer que era uma surpresa mas parei, pois tinha visto o rosto de João. João acabara de engolir um dos canapés do Lucídio.

Dizer que um rosto se ilumina é uma convenção literária. Mas o rosto de João se iluminara. O rosto mudara de cor com o prazer. Hoje, quando penso naquele primeiro jantar e nas suas consequências, é daquele instante que me lembro com mais nitidez. Me emocionei com a emoção do João, e isso me emociona agora. Pela primeira vez em muitos anos eu recapturara aquele sentimento, de prazer no prazer de um amigo, e pensei: ainda podemos recorrer do tempo, este grupo ainda pode ser salvo, eu ainda posso ser salvo. Nem tudo, afinal, era naufrágio. Não sei se o João era o mais filho da puta de todos nós. Depende de critérios subjetivos, que mudam a cada geração. Naquele instante pensei no João vinte e um anos antes, quando ainda não aprendera que as anedotas perdiam o efeito se ele começasse a rir antes de contar o fim, sendo soqueado por todo o grupo na mesa para interromper seu acesso de riso e finalmente aplaudido por todo o restaurante quando conseguira expelir a frase final da anedota, "E minha batina não é de bronze!". Olhei para o Abel. Pobre Abel. Naquele instante, tão extasiado que, como o João, não conseguia falar. Foi Pedro quem disse "Que maravilha este canapé!" seguido de "ums" e "iams" de aprovação de todos. Provei o canapé. Era de cebola e queijo gratinados, mas não podia ser só cebola e queijo gratinados. Fosse o que fosse, a iluminação do rosto do João e a expressão beatífica de Abel estavam explicadas. Quando Abel finalmente conseguiu falar, foi para dizer "Momento mágico! Momento mágico!".

Todo o jantar foi uma maravilha. Depois dos canapés, fundos de alcachofra ao *vinaigrette*. E quando eu trouxe o *boeuf bourguignon* da cozinha, provocando um "Meu Deus do céu" do Abel ao avistá-lo, fui recebido com uma ruidosa reivindicação da mesa entusiasmada. Queriam saber quem era o cozinheiro misterioso. Contei quem era o Lucídio, ou o pouco que sabia dele. Nosso encontro na loja de vinhos. A sua omelete perfeita, que me levara a aceitar sua oferta de cozinhar para o grupo. E a sua história do fugu e da sociedade secreta. Alguém disse "Esse cara não existe, você está inventando!". Paulo disse que tinha lido alguma coisa sobre a tal sociedade, mas num livro de ficção. "História", disse Pedro, com a boca cheia de carne. "O cara está te gozando." Tiago disse que o Lucídio podia ser um farsante, podia até ser uma invenção minha, mas era um grande cozinheiro. Marcos disse "O homem é um gênio!" e insistiu que eu o trouxesse da cozinha para ele provar que existia e receber os aplausos do grupo. "Calma, calma", respondi, sem qualquer intenção de sair do meu lugar antes de terminar o que era o melhor *boeuf bourguignon* que já tinha provado na vida. Abel mastigava de olhos fechados. Mais de uma vez repetiu "Meu Deus do céu" e, quando terminou de comer, declarou solenemente "Eu agora posso morrer", provocando gargalhadas. As gargalhadas mais altas foram do Paulo. O grupo estava reconciliado. Lucídio nos resgatara do fundo.

Na cozinha, Lucídio me informou que sobrara *bouef bourguignon* para mais um prato, apenas mais um prato. Transmiti a informação à mesa. Quem queria repetir? Alguns nem responderam, só gemeram, para dizer que não podiam mais. Mas Abel disse:

— Não resisto. Quero mais.

E eu trouxe da cozinha o prato com mais *boeuf bourguignon* e coloquei na sua frente, sob aplausos da mesa. Abel esvaziou o prato em segundos.

Eu não economizara os meus Bordeaux para aquele jantar especial. Quando trouxe a sobremesa da cozinha, com o anúncio de que nosso cozinheiro em seguida faria sua aparição, havia um halo de prazer quase palpável pairando sobre o grupo em torno da mesa. Minha sobremesa de banana não decepcionou e foi extravagantemente elogiada. "Que jantar!", exclamou Marcos, e João saiu do seu lugar para me dar um beijo no topo da cabeça. "Pena o Ramos não estar aqui", disse Abel, com lágrimas nos olhos, e todos concordaram. Servi o café e trouxe os conhaques e os charutos. Era a hora do Ramos. O momento em que ele invariavelmente levantava-se para falar, segurando o copo de conhaque numa mão e o charuto na mão que usava para os seus gestos teatrais. Depois da sua morte, ninguém tomara o lugar de orador naquele instante de plenitude, que nunca mais tinha sido o mesmo. Certa vez, dez anos antes, o Ramos se erguera e ficara um longo tempo nos olhando, com afeto, antes de falar. Nos olhara um por um, como se nos abençoasse. Depois dissera: "Guardem este momento. Um dia nos lembraremos dele e diremos: foi o nosso melhor momento. Compararemos outros momentos das nossas vidas com ele e diremos que nunca mais fomos assim, exatamente assim. Nos saciaremos de novo, por certo, pois essa é a bênção do apetite. Não é todo dia que se quer ver um pastoso Van Gogh ou ouvir uma crocante fuga de Bach, ou amar uma suculenta mulher, mas todos os dias se quer comer, a fome é o desejo reincidente, é o único desejo reincidente, pois a visão acaba, a audição acaba, o sexo acaba, o poder acaba mas a fome continua, e, se um fastio de Ravel é para sempre, um fastio de pastel não dura um dia". Em vez de "Ravel" e "pastel" ele talvez tenha dito "Pachebel" e "bechamel", estou citando de memória. Ramos: "Mas mesmo saciados, nunca mais estaremos saciados como agora, cheios das nossas próprias virtudes e do nosso prazer na amizade, na comida e na vida — e no conhaque". E ele erguera seu copo, fazendo com que todos erguessem o seu. "Senhores, exultai. Estamos no nosso ápice." Todos beberam. Depois ele dissera: "Senhores, chorai. Começou o nosso declínio". E todos beberam, mais alegres ainda. Naquela noite só saímos da mesa às cinco da manhã.

Abel levantou-se. Pela primeira vez depois da morte do Ramos, alguém ia fazer um discurso na hora do conhaque.

— Eu só quero dizer uma coisa, Daniel. Sobre o seu jantar.

Ficamos na expectativa. Abel enfatizou bem cada palavra.

— Puta que os pariu!

Todos aplaudiram. André estava emocionado. Tínhamos recuperado nosso fascínio aos seus olhos. Aquilo, sim, era o

Clube do Picadinho de que ele ouvira falar. Os copos de conhaque se ergueram na direção de Abel. De certa maneira, ele repetira o Discurso da Plenitude do Ramos. Talvez não reconquistássemos o nosso ápice, dez anos depois da bênção do Ramos. Mas tínhamos chegado perto outra vez. Perto do nosso melhor momento, perto das nossas vidas perdidas, e perto do Ramos. Era isso que Abel tinha dito, em resumo. Pobre Abel. O primeiro a morrer, como na Bíblia.

Meses mais tarde, depois da sexta morte, depois do velório de julho, eu comentei com Samuel a frase que Lucídio tinha dito quando finalmente fizera sua aparição triunfal no salão, naquela noite, sob vivas do grupo. João saíra do seu lugar, se ajoelhara na frente de Lucídio e dissera que queria beijar as suas mãos. E Lucídio dissera:

— Deixe-me limpá-las primeiro, elas cheiram a mortalidade.

— Foi uma citação — disse Samuel. — Shakespeare. *Rei Lear*.

Maldito Samuel.

4.
A TEORIA DO CIO

Minha madrasta me fornece empregados sempre que preciso. Sei que ela e Lívia têm reuniões periódicas para tratar da minha vida. Ela tem um certo pânico da minha presença — acho que são minhas sandálias — e prefere fazer sua parte à distância, destacando efetivos da sua tropa de manutenção e limpeza para me ajudar conforme minhas necessidades. Tínhamos combinado que ela mandaria gente para lavar os pratos, limpar a cozinha e arrumar o apartamento na manhã depois do primeiro jantar. Fui fisgado do fundo do meu sono pelo zumbido do interfone e trazido lentamente à superfície, como um peixe difícil. Ainda estava zonzo depois de abrir a porta para as duas moças assustadas que fizeram o possível para não olhar a minha cueca aberta quando o telefone tocou, Lívia querendo saber como tinha sido o jantar.

— Ótimo. Uma maravilha. O melhor *boeuf bourguignon* da minha vida.

Contei como tudo tinha saído bem. O clima. As reconciliações. O sucesso do Lucídio no grupo. A conversa até de madrugada. A animação geral. Para desânimo da Lívia, que desligou o telefone resignada. Suas preces não tinham dado resultado. O Clube do Picadinho adquirira nova vida, e continuaria.

Eu me preparava para mergulhar de novo no sono quando o telefone tocou outra vez. Era Tiago. Acabara de ter a notícia da Gisela. Abel estava morto.

Estavam todos no velório, menos André. Gisela chorava no meio de uma penca de mulheres desconhecidas. Sua família, provavelmente. Não sabíamos de onde o Abel tinha tirado a Gisela. Não sabíamos nada da Gisela. Ela nunca se impressionara muito conosco, nos tratava com um certo desdém, e uma vez chocara todo o grupo trazendo um bife à milanesa com purê de batata num prato coberto para um dos nossos jantares, dizendo que estava cansada de comida metida a besta. Procurei os pais de Abel com o olhar e não os encontrei. Abel tinha brigado com o pai quando deixara o seu escritório e a mãe nunca o perdoara por ter abandonado a Igreja. Norinha estava lá, abraçada com o filho dela e do Abel. O filho é um pouco mais moço do que a Gisela. Os seis irmãos de Abel estavam espalhados pela capela. Nenhum se aproximou de nós. Samuel parecia mais sombrio que nunca. Como sempre, cuidara de tudo. Quando o Ramos estava morrendo, até nós, acostumados com suas contradições e sua crueldade, tínhamos reagido à insensibilidade do Samuel. "Não visito puto", dissera, para explicar por que não visitara Ramos no hospital, no seu último dia de vida. Mas fora ele que tratara do enterro do Ramos, e suas olheiras e os sulcos do seu rosto tinham aumentado com o desconsolo, depois do enterro. Quando comecei a testar teorias sobre a morte de todo o grupo, cheguei a pensar que Samuel fora deixado para o fim para poder administrar os enterros e registrar a perda de cada um no seu rosto, como num papiro antigo.

— Coração? — perguntei.

— Acho que sim — disse Samuel. — Ele já devia ter um problema e nunca nos contou. A Lolita diz que ele começou a passar mal de madrugada. Vomitou, o diabo. Não quis que chamassem médico. Aposto que morreu em cima dela, o crápula.

— A comida não foi — disse Saulo. — Nós todos comemos a mesma coisa e eu não senti nada. Alguém sentiu alguma coisa?

Ninguém tinha sentido nada. Era verdade que ninguém comera tanto quanto o Abel, e ninguém dormira com a Gisela depois. Devia ter sido o coração. Mesmo assim, saí à procura de um telefone e liguei para o André. Não, ele não sentira nada. Não sabia da morte do Abel, não tinham lhe avisado, que desgraça, tentaria chegar a tempo para o enterro no fim da tarde. Eu disse que não precisava, o grupo estava bem representado. Ele disse que iria de qualquer maneira. E perguntou:

— O jantar do mês que vem, sai?

Na noite anterior tínhamos combinado que o próximo a oferecer o jantar seria André. Ele sugerira que o Lucídio fizesse o jantar. Ou a sugestão foi do próprio Lucídio? De qualquer maneira, a ideia fora recebida com entusiasmo pelo grupo, e mais do que todos pelo pobre do Abel.

— Sai, sai — respondi.

Em vinte e um anos, nunca tínhamos cancelado um jantar por motivo de morte. Nem da minha mãe. Nem do Ramos. No primeiro jantar depois da morte do Ramos seu lugar foi posto na mesa e eu repeti o seu Discurso do Cio, feito no jantar das trufas, ou o que me lembrava dele. E desde então nossos brindes com champanhe antes de cada jantar eram à fome, como sempre, e ao Ramos. O segundo jantar do Lucídio sairia, sim, e um brinde ao pobre do Abel seria acrescentado ao ritual do grupo ressuscitado.

Voltei para o grupo no velório. Contei que o André estava bem e perguntei se havia alguma novidade, só para não ficar quieto. Não sei ficar quieto. O João respondeu que Abel pulara do caixão, dera alguns passos de tango em volta da capela e se deitara de novo, mas fora isso nada. Do centro da sua guarda familiar, Gisela estava apontando para nós. Ouvi-a dizer:

— Foi na casa daquele gordo.

Só eu e Samuel ficamos no velório o tempo todo. Os outros saíram e voltaram na hora do enterro. No meio da tarde a Lívia apareceu para saber se eu estava bem e não precisava de nada. Não olhou nem para o defunto nem para Samuel, e foi embora. E de repente, com um rufar do meu coração, apareceu a Mara. Me beijou nas duas faces e ignorou o Samuel. A última vez que eu a vira fora no enterro do Ramos. Ela ficava mais linda a cada enterro. Acompanhei-a até a saída da capela e ela perguntou quem era aquele senhor que estava comigo, e então me dei conta de que não reconhecera o Samuel.

— Você não conhece — respondi.

— Viu só? — disse o Samuel. — Fingiu que não me viu.

Quando chegou a hora do enterro, o pai e a mãe do Abel apareceram perfilados ao lado do caixão. Um padre preparava-se para falar. Gisela estava com os calcanhares juntos e os braços abertos, como uma bailarina, amparada pelas presumíveis mulheres da sua família. Norinha atrás do filho, com as mãos nos seus ombros. Deduzi que o padre era um velho conhecido da família. Ele disse que a vocação de Abel se perdera para a Igreja, mas que naquele momento seu espírito voltava para Ela, certamente contrito. A mãe de Abel fez que sim com a cabeça, confirmando a informação. Pobre Abel.

Quando passou por nós, abraçada ao filho, Norinha não nos olhou. Gisela nos olhou com raiva. O Clube do Picadinho tem um longo rastro de mulheres ressentidas atrás de si. Desmanchamos alguns casamentos. Mas aquela era a primeira vez que tínhamos matado um marido na mesa.

Durante duas semanas, não tive qualquer notícia de Lucídio. Dera seu número de telefone ao André, para que se entendessem sobre o próximo jantar. Seria uma paella, isso ficara combinado na noite do primeiro jantar. Mas uma paella como jamais se vira na Espanha ou no Ocidente. Segundo Lucídio, sua receita vinha de uma ilha do oceano Índico, colonizada pelos espanhóis, onde a paella seguira outro destino e acabara completamente diferente da original, com a diferença concentrada, acima de tudo, no uso do alho e de um tipo de tempero, uma espécie de grama com gosto de limão só encontrada na tal ilha. Por sorte, Lucídio tinha o tempero em casa, além de resmas do alho gigante de que precisava e que só crescia a leste da África. Quando, depois de duas semanas, ele me telefonou, perguntei, brincando, se algum daqueles ingredientes era venenoso, como o fugu. Em vez de responder, Lucídio disse:

— Sinto muito pelo Abel.

— Olha, é brincadeira.

— Foi coração, não foi? O André me disse que foi coração.

— Parece que sim. Sabe como é, mulher nova…

— Quero lhe pedir um favor.

Lucídio não tem nenhum senso de humor. O sorriso é permanente, mas os lábios jamais se partem. Qual era o favor? Preferia fazer o segundo jantar no meu apartamento. Já vira que na casa de André seria difícil. Sua mulher interviria. Ela já deixara claro para o marido que não daria posse absoluta da cozinha a Lucídio e reivindicava o poder de supervisão das suas atividades, com direito a veto. Lucídio não conseguiria trabalhar nessas condições, ainda mais que a sua paella, além de escapar da sua especialidade, os clássicos franceses, envolvia procedimentos não convencionais para os quais minha cozinha estava mais bem aparelhada. Respondi que, se o André topasse, eu topava. Ficou acertado que o jantar seria do André, que pagaria por tudo e traria os vinhos, mas se realizaria nos meus salões vazios.

Vieram todos. André chegou no fim da tarde, trazendo os vinhos. Lucídio deixou-o entrar na cozinha, mas só por cinco minutos, para inspecionar os ingredientes. Depois ficamos no escritório enquanto Lucídio cozinhava, e André me fez muitas perguntas sobre o Abel. Eu o conhecia havia muito tempo? Desde criança. Quase todos no grupo se conheciam desde a infância. O Marcos e o Saulo eram meus vizinhos, moravam na mesma rua. Eram inseparáveis. Nós os chamávamos de Os Xifópagos. Tiago, Pedro, Abel, João e Paulo moravam no mesmo bairro. Na adolescência, tinha havido uma certa dispersão da turma. Abel vivia envolvido com a Igreja. Não podíamos contar com ele para qualquer tipo de sacanagem, e havia a suspeita de que fosse virgem. Nem a Milene, que todos comiam, ele queria conhecer, apesar da nossa insistência. Paulo tornara-se líder estudantil e afastara-se do resto da turma, que desprezava a política. Pedro também aparecia pouco. Vivia enclausurado. Não ia à escola, tinha professores particulares, estava sendo preparado para assumir a direção da empresa da família. Além disso, sua mãe, a dona Nina, tinha a psicose do contágio. Sofria com a ideia do seu Pedrinho tendo contato com as impurezas do mundo, entre as quais nos incluía. Principalmente eu, que não trouxera da infância o apelido de Cascão Falante sem merecimento. Quando vi a Mara com Pedro pela primeira vez, deduzi que ela tinha sido escolhida pela dona Nina para ser a mulher do seu filho. Ninguém era mais branca ou parecia mais limpa. O Samuel se insinuara na turma, vindo ninguém sabia de onde. Não morava no bairro, nunca soubemos nada da sua família. Sua entrada em nossas vidas se deu como Samuel Quatro Ovos, pois tinha sido flagrado pelo Saulo no bar do Alberi, que era uma espécie de sede informal da turma, comendo quatro ovos fritos de uma vez. A partir daí, nossa admiração por aquele magro voraz nunca parou de crescer. Samuel não estudava e sabia tudo. Não trabalhava e sempre tinha dinheiro. Jogava dadinho a dinheiro com uma turma mais velha, na sala de trás do bar do Alberi, e perdia mais do que ganhava. Bebia tanto quanto comia e usava drogas. Depois que ele dormiu com a Milene, ela não quis dar para mais ninguém e vivia atrás do Samuel, apesar das surras que nosso ídolo lhe aplicava. E foi o Samuel que nos apresentou ao Ramos, anos mais tarde, quando a turma, convencida pelo Samuel de que era grande coisa, que era predestinada, trocara os picadinhos do bar do Alberi por jantares semanais em bons restaurantes. Foi quando o Abel, o Pedro e o Paulo, que não faziam parte do núcleo fundador da turma dos jantares — Tiago, o Kid Chocolate, Xifópagos, Cascão Falante, João e Samuel —, se reintegraram ao grupo. Foi como se depois da nossa iniciação Samuel nos entregasse ao Ramos, para ele completar a educação dos nossos sentidos, e fazer a nossa legenda. Naquele tempo ainda pensávamos que seríamos uma legenda, que esta cidade era pouco para o nosso apetite. Filhos da puta, sim, mas grandes filhos da puta, príncipes da puta. Sabíamos pouco sobre o Ramos, também. Era mais velho do que nós. Vivia de rendas da família, era grande entendido em literatura inglesa e molhos, "*Shakespeare and sauces*" como nos dissera um dia, e sua relação com Samuel era um mistério que nunca investigamos.

Nossa passagem ritual da adolescência para a maturidade se dera na mesa de um restaurante, quando Ramos nos explicara por que a carne bem-passada deixava o reino das iguarias e entrava no reino das utilidades, como a sola de sapato. O que foi uma revolução na vida de Abel, nosso piedoso assador. Segundo Samuel, foi ali que Abel começou a perder a fé. A revelação da superioridade do cru sobre o muito cozido funcionou como uma catequese ao contrário para Abel. Havia uma incompatibilidade intrínseca entre a carne malpassada e a metafísica, e Abel optara pela carne sangrenta.

Não sei se o André estava muito interessado na minha recapitulação afetiva ou se só queria mostrar seu sentimento pela morte do Abel. Depois que descobrira que nós não éramos, afinal, "*le crème de le crème*" ele não se interessava pelas nossas histórias e demonstrava até uma certa repulsa física, pelo esquerdismo histriônico do Paulo, pela decomposição do Samuel e pela minha barriga, nessa ordem decrescente de horrores. Agora lamento que não o deixei falar mais, naquela noite, enquanto esperávamos os outros e, na cozinha, Lucídio preparava a última paella da sua vida.

Memorável paella. Precedida de brindes com champanhe ao Ramos e ao Abel e de vieiras com uma delicada musse de salmão. Estávamos todos eufóricos, apesar da morte do Abel.

O primeiro jantar do Lucídio nos convencera que o Clube do Picadinho podia ser salvo pelo apetite, mesmo que não nos amássemos mais como antigamente e tivéssemos jogado fora a nossa vida. Não se falou no Abel durante o jantar. Abel tinha sido restituído aos santos da sua família, nos cabia preservar o que ainda estava vivo entre nós, o que fora salvo do naufrágio. A nossa afinidade animal, a nossa fome em bando, desde o tempo em que roncávamos juntos, como porcos, ao mastigar o picadinho do Alberi. Só nos restara a fome em comum. Eu não parava de falar, mesmo com a boca cheia. André repetia que sentia sua mulher não estar ali, ela tinha sangue espanhol, o que não diria daquela paella diferente? Até o João dizer que cortar as mulheres dos jantares tinha sido uma grande decisão. Uma sábia decisão. As mulheres eram as responsáveis pelo nosso declínio. As mulheres tinham nos arrancado do paraíso, sem elas nossos rituais readquiriam sua pureza adolescente, éramos de novo os porcos contentes do bar do Alberi. Quando Lucídio trouxe a segunda panela de paella com os grandes bulbos de alho dispostos em círculo na borda, foi recebido com urros de reconhecimento. Ele era o responsável pela nossa ressurreição. André ainda tentou protestar, sem muita convicção. A Bitinha merecia estar ali, ela que amava paellas, que era uma estudiosa de paellas. Seu protesto foi sepultado sob os nossos roncos ferozes. Eu lembrei o Discurso do Cio que o Ramos fizera, na hora do conhaque, depois de um memorável jantar com trufas. Devemos as trufas e a civilização ao cio das fêmeas, dissera Ramos, erguendo seu copo e propondo um brinde às fêmeas e às suas glândulas. As trufas cheiravam a um hormônio do porco, e as porcas no cio as localizavam e desenterravam, freneticamente, atrás do amor. "Em vez de um marido, encontram uma espécie de nódulo vegetal, como acontece com muitas moças hoje em dia", dissera Ramos. As maravilhosas trufas que tínhamos comido eram o produto da frustração amorosa de porcas anônimas. Todo o prazer gastronômico era uma forma de cooptação do cio, segundo Ramos. Interrompemos um processo orgânico da planta ou do bicho para comê-los e gastamos a nossa própria voluptuosidade, o nosso cio desgarrado, no prazer de comer. Estávamos reunidos ali graças à destruição das florestas no período pliocênico, quando nossos antepassados, obrigados a viver em bandos na savana para se proteger, tinham começado a trocar a sexualidade natural dos animais pela sexualidade humana e os seus terrores. A história humana começara quando a fêmea hominídea substituíra o cio dos bichos pela disponibilidade permanente, inaugurando ao mesmo tempo o ciclo menstrual, o tempo lunar e esta longa fuga da vulva desimpedida que era a civilização. Todas as sociedades de homens como a nossa — e o gesto circular de Ramos com a mão que segurava o charuto incluíra a mesa com os detritos do jantar e seus nove comparsas saciados — eram pequenas florestas reconstituídas, refúgios artificiais no meio da savana, o paraíso recuperado pelo homem, antes do cio mensal e da sua queda na História. Quando contei a teoria do Ramos à Lívia, ela disse que, em síntese, Ramos fizera o elogio da porca em comparação à mulher. Sua indignação aumentou quando contei o que tínhamos pago pelas trufas.

Lucídio anunciou que ainda sobrara um pouco de paella na cozinha. Dava para um. Quem ia querer? André hesitou, depois levantou a mão.

— Posso levar para a Bitinha?

— NÃO! — gritamos todos em uníssono. Um som da floresta.

André resignou-se a comer o resto da paella sozinho. Deixou os alhos para o fim. Apertou os dois últimos alhos com as costas do garfo, fazendo espirrar o seu interior cremoso, mas comeu o creme com as cascas. Sentado ao seu lado e fingindo que inspecionava cada garfada de perto com interesse científico, Samuel disse:

— Os deuses são justos, e dos nossos vícios agradáveis...

E Lucídio, de pé ao lado da mesa, completou, como se tivessem ensaiado:

— Fazem instrumentos para nos atormentar.

Então eu não sabia, hoje sei que a citação também é de Shakespeare. *Rei Lear.* Mas Samuel e Lucídio nem olharam um para o outro, depois de dizerem a frase. Como se a tivessem ensaiado.

5.
AS XIFÓPAGAS LÉSBICAS

Havia um cheiro de alho no velório. Não sei se vinha do morto. Ficamos, os oito, no centro da capela, num bolo retangular à parte, como uma falange romana esperando o ataque de qualquer lado. Talvez o cheiro fosse nosso. Não conhecíamos ninguém ali, além da viúva. Que estava horrorosa, sem pintura, sentada ao lado do caixão. A ausência de maquiagem deixava à mostra as cicatrizes das suas plásticas. Não levantara os olhos para receber nossos pêsames. Cada um de nós tivera que buscar sua mão direita no seu colo, apertá-la, e depois devolvê-la com cuidado. André morrera durante a noite. Parada cardíaca.

Tiago estava ao meu lado. Falou no meu ouvido, mas o resto do grupo ouviu.

— Primeiro Abel, depois André... Se for por ordem alfabética...

O próximo seria Daniel. Todos me olharam.

— É coincidência.

— Pode ser. Mas eu, se fosse você, pulava o próximo jantar.

— Ou levava um antídoto para veneno — sugeriu Samuel.

O jantar do mês seguinte seria o do Samuel. Tínhamos combinado que Lucídio seria de novo o cozinheiro e que o jantar seria no meu apartamento, onde Lucídio já se sentia à vontade na cozinha.

— Não tem nada a ver. Ninguém foi envenenado na minha casa.

— Sei não, sei não.

— O Abel morreu trepando com a Gisela. O André morreu de parada cardíaca.

— Os dois morreram depois de um jantar do Clube — disse Saulo.

— No qual a comida era a preferida deles — acrescentou João, no meu outro ouvido.

— Coincidência. Se foi alguma coisa na comida, por que ninguém mais sofreu nada?

— Sei não, sei não.

O enterro foi concorrido. Três discursos na beira do túmulo. André era um líder no setor farmacêutico, quem diria. O governador mandou um representante, do qual Saulo se aproximou durante um dos discursos. Saulo apresentou-se. Deu seu cartão. Com a morte do André talvez perdesse o posto de relações-públicas na empresa, precisava cuidar do seu futuro. Notei que o representante do governador aceitou o cartão mas afastou-se de Saulo sem disfarçar seu desconforto com o assédio. Todos nos olhavam com reprovação ou apenas curiosidade. Éramos uma parte incompreensível da vida do André. Anos antes, quando as reuniões do Clube do Picadinho eram notícia nas colunas sociais, muitos ali sonhariam em pertencer ao nosso grupo. Agora éramos uma curiosidade, e um estorvo. Me dei conta de como tínhamos ficado estranhos. Não apenas eu, com minhas camisas largas e minhas sandálias, ou o soturno Samuel com seu aspecto de cadáver. Ou Tiago, que nunca conseguira acomodar seu corpo de viciado em chocolate em roupas convencionais. A fineza bem cuidada e perfumada do Pedro, que afinal era um empresário como a maioria ali, também parecia deslocada, agressiva, uma paródia exagerada de elegância. Saulo fazia questão de estar sempre na moda mas em algum momento perdera seu senso de proporções, tudo nele destoava da sobriedade à sua volta. Parecíamos um grupo de invasores de outra espécie que ainda não percebera que seu disfarce não funcionava, que o rabo estava à mostra. Imagino que era isso que a mulher de André lhe dizia, depois de descobrir que não éramos os sofisticados que ela pensava. Não é gente da nossa espécie, André. Deixa esse clube de malucos. Em vinte e um anos, tínhamos nos transformado em pessoas esquisitas.

Saulo e Marcos eram primos. Criados juntos, mas não podiam ser mais diferentes. Marcos era o artista, sensível, introvertido. Saulo era o contrário, tinha uma alma de RP desde pequeno. Quando fundamos nossa agência, a DSM, a ideia era Marcos cuidar da arte, eu dos textos e Saulo dos contatos, mas nenhum dos três tinha o único talento indispensável para o negócio dar certo, o de administrador. Apesar de serem opostos, Saulo e Marcos eram inseparáveis. Nosso apelido para eles era Os Xifópagos, depois abreviado para Xis Um e Xis Dois. Eram os meus melhores amigos. Nossa amargura crescente nos últimos anos tinha corroído a amizade antiga, e o Saulo me dera repetidas provas do seu mau-caráter, mas sinto falta deles. De todos os que morreram, são os que me fazem mais falta. Merda, acabei de virar o copo de Cahors em cima do teclado. Estou escrevendo no meio da noite. Estou escrevendo o que me vem à cabeça. Fui deixado para o fim justamente para isto, para escrever. Agora sei por que me pularam. Sou o recapitulador sagrado desta história estranha.

Inspirado em Saulo e Marcos, comecei inventando histórias de irmãos xifópagos, irmãos com ambições completamente diferentes, um querendo vencer na vida como saltador em altura ou bailarino enquanto o outro tentava seguir sua vocação monástica, e as histórias depois evoluíram para as aventuras das xifópagas lésbicas, que Marcos, Saulo e eu elaborávamos durante as longas tardes de não fazer nada, na agência. Tínhamos contado com o apoio de parentes e de amigos de nossas famílias para tocarmos a DSM. O que não sabíamos era que todos nos consideravam boas-vidas irresponsáveis, sem qualquer experiência no ramo publicitário, e que o apoio jamais passaria de palavras de incentivo, em consideração aos nossos pais. Enquanto não apareciam os clientes, Marcos ocupava-se pintando um mural na sua sala, Saulo recebia candidatas ao posto de recepcionista da agência na sua, com a porta fechada, e eu, na minha, escrevia histórias estranhas ou telefonava. Telefonava mais do que escrevia. Não sei ficar quieto. No fim da tarde começavam a aparecer os outros. Gastáramos uma boa parte do nosso capital inicial num estoque de uísque para servir aos clientes, mas o estoque não resistira a um mês de reuniões da turma depois das seis, na sala do Saulo, onde muitas vezes uma ou outra candidata a recepcionista concordava em ficar para conhecer o que Saulo chamava de acionistas da agência, "nossos homens do dinheiro". Quem invariavelmente fazia mais sucesso com as moças era o Samuel. Alguém, julgando a agência pelo número de horas em que suas luzes ficavam acesas à noite, diria que nosso trabalho era intenso e que nosso êxito estava garantido. Mas nos seus oito curtos meses de vida a agência só fez um trabalho, uma campanha para uma das empresas do pai do Pedro que nós três achamos genial mas o velho mandou pagar e nunca usou. Pelo menos pagamos o aluguel atrasado e a minha enorme conta do telefone. Fechamos a agência, nos sentindo incompreendidos e injustiçados, no dia em que a minigeladeira na sala do Saulo pifou. Concluímos que sem gelo não dava para continuar.

Para Lívia, as histórias das xifópagas lésbicas são símbolos do desperdício da minha vida e do meu talento. Saulo e Marcos e, eventualmente, outros da turma contribuíram com incidentes e detalhes para a saga das xifópagas mas a maioria das histórias é minha. As desafortunadas irmãs Zenaide e Zulmira, impossibilitadas de consumar a forte atração sexual que sentiam uma pela outra, tentavam compensar a frustração tendo casos com outras mulheres, casos difíceis e ruidosos que sempre acabavam derrotados pelo ciúme. Como nunca podiam ficar sozinhas com suas namoradas, uma tinha que se submeter às críticas e lamentações da outra, ouvindo risos abafados quando fazia alguma declaração de amor mais rebuscada ou perguntas impacientes como "Já acabaram ou não?" no meio de uma relação. Mas as aventuras das xifópagas lésbicas não se limitavam ao sexo. Vez que outra alguém da turma me telefonava com uma ideia — "Zenaide e Zulmira contra 007" ou "Zenaide e Zulmira convocadas para a seleção" — que eu desenvolvia. Uma vez tive uma briga com o Paulo, que acusou Zenaide, Zulmira e a mim de alienação, num momento em que o país vivia um período gravíssimo, sob um regime ditatorial, com a imprensa controlada, gente sendo presa e torturada, aquelas coisas com que só o Paulo, do grupo, se preocupava. Como resposta, inventei "Zenaide e Zulmira, descrentes do processo político, partem para a guerrilha", que fez muito sucesso entre a turma das seis, na agência, e cujo final trágico foi contribuição do próprio Paulo: Zenaide, entusiasmada com a construção da Transamazônica, renuncia à luta armada e se entrega às forças governamentais, esquecendo de dizer que Zulmira não concorda com ela e carrega uma bomba sob a saia, que explode no momento em que as duas estão sendo recebidas pelas autoridades em Brasília. A explosão mata o presidente e todos os ministros militares, mudando o rumo da história brasileira, e, mais importante, separa as xifópagas, que podem finalmente se amar como queriam, em meio às ruínas do palácio do Planalto.

Continuei inventando histórias das xifópagas lésbicas, até hoje me isolo no meu tronco de árvore e escrevo sobre elas, mas as histórias ficam cada vez mais sombrias. Nas minhas histórias as gêmeas continuam xifópagas, mas com o tempo e o envelhecimento das duas essa condição se transformou numa alegoria que eu mesmo mal compreendo. De dualidade danada, de horror a esse outro inapelável que é o nosso corpo, a essa carne excedente que não é a gente mas compartilha da nossa biografia e no fim nos leva junto quando morre, a essa... Ouço a voz da Lívia dizendo "Daniel, chega!". Para ela as xifópagas lésbicas na sua versão cômica e alienada já eram doentias. Não quer me ouvir falar das suas aventuras passadas, quando ainda não nos conhecíamos. Lívia diz que elas já eram uma manifestação da nossa misoginia patológica. É desse sumidouro, entre outros, que ela quer me salvar. Fiquei uma pessoa esquisita demais.

Um que nunca entendeu as xifópagas lésbicas era o João. Não via qual era a graça. Gostava de boas anedotas, não do que chamava de "humor rã-rã", que fazia as pessoas sorrirem e dizerem "rã-rã", para mostrar que tinham entendido, em vez de darem boas risadas. João, nosso esperto picareta, que sobrevivera anos no mundo crepuscular da consultoria financeira semilegal e fora jurado de morte por mais de um cliente arruinado sem perder seu bom humor. Pensei muito no seu riso, no seu invariável otimismo em qualquer situação, quando perguntei ao Lucídio qual seria o cardápio do jantar do Samuel. Seria, por acaso, *gigots d'agneau*, meu prato favorito? Outra maneira de perguntar se o escolhido para morrer era eu, se a ordem era mesmo alfabética. Não, respondeu Lucídio. Champignons salteados à provençal, se não estivéssemos fartos de alho depois da paella do infeliz André. Depois, pato com laranja.

Canard à l'orange era o prato favorito do João.

Telefonei para o Saulo.

— *Canard à l'orange.*

— O quê?

— É o prato que Lucídio vai fazer no próximo jantar.

— E aí?

— É o favorito do João.

Silêncio. Depois:

— Telefona para ele.

Telefonei para o João.

— O próximo jantar do Lucídio. Para o Samuel.

— Sim?

— *Canard à l'orange.*

Silêncio. Depois:

— Obrigado.

João foi o primeiro a chegar para o jantar do Samuel. Viu a minha cara de surpresa e disse:

— Pato com laranja feito pelo Lucídio? Você acha que eu ia perder?

Marcos e Saulo chegaram logo depois e também se surpreenderam quando viram o João. Saulo olhou para mim. Levantei as mãos, para rechaçar qualquer responsabilidade.

— Eu avisei.

— Você quer morrer, João? — perguntou Saulo.

— Vocês estão esquecendo — disse João — que existem duas teses. Uma: as mortes são por ordem alfabética. Neste caso, é a vez do Daniel. Duas: morre quem...

João teve que parar porque Lucídio entrara no salão para checar um detalhe da mesa, que já estava posta. Quando Lucídio voltou para a cozinha, continuou:

— Segunda tese: morre quem mais gosta do prato do dia. E terceira tese: estamos todos loucos. As mortes não têm nada a ver com os jantares.

— De qualquer jeito — disse Marcos —, hoje saberemos.

Samuel sempre servia champanhe nos seus jantares. Antes e durante. Começamos bebendo champanhe com os canapés maravilhosos do Lucídio. Brindamos ao Ramos e ao Abel e, depois de uma certa hesitação, ao André. Depois João levantou seu copo na minha direção e disse:

— Que morra o pior.

Marcos fez "Ssshh!". O Lucídio podia ouvir da cozinha.

Nosso cozinheiro tivera um problema com meu forno. Calculara três patos para o grupo de oito mas no forno só cabiam dois patos de uma vez. Deixou para fazer o terceiro pato enquanto liquidávamos os dois primeiros. Estavam perfeitos. João gemia a cada garfada. Nunca provara um molho *à l'orange* como aquele. E eu confesso que a perspectiva de morrer aumentava meu prazer na comida. Era verdade o que Lucídio dissera sobre o fugu, o risco da morte afetava mesmo o aparelho gustativo, os sabores adquiriam uma definição inédita, você comia num estado de exaltação, quase de euforia. Lembrei da teoria do Ramos, exposta no último jantar antes da sua própria morte, de que nas nossas células errantes há algo que inveja o condenado, que tem ciúme da morte certa. João devia estar sentindo a mesma coisa. Ele também estava abençoado com um destino, também desfrutava aquela delícia inédita, uma refeição no corredor da morte. Quando fui buscar o terceiro pato, notei que Lucídio tinha colocado algumas fatias com molho num prato separado e posto de lado. João e eu nos encarregamos de acabar, sozinhos, com o terceiro pato, numa deferência da mesa a quem estava, hipoteticamente, prestes a morrer, fosse qual fosse o critério.

Saulo suspirou e disse:

— Eu é que devia morrer...

Ele tinha sido despedido da empresa do André. Não conseguia outro emprego. Estava sem dinheiro, e além do que devia para a ex-mulher ainda tinha que sustentar o Marcos.

Olhava para João e para mim com inveja. Continuamos comendo como dois condenados.

Lucídio apareceu da cozinha com o que sobrara do pato. Aproximou-se da mesa com alguma solenidade, envolto no seu cômico avental branco que quase arrastava no chão. Nós estávamos em silêncio, oito expectativas mudas em torno de três carcaças. Sabíamos que tínhamos entrado numa zona rarefeita de graves definições. Dali para diante seria o Clube do Picadinho contra o destino, segundos fora, e a nossa adolescência estava longe. Lucídio disse:

— Sobrou um pouco. Quem vai querer?

Eu e João nos entreolhamos. Eu disse:

— Não posso mais. Estava ótimo mas... João estendeu a mão para o prato.

— Dá aqui.

Citação do *Rei Lear* da noite. Fui procurar depois. Lucídio, depois de contar que o segredo do seu *canard à l'orange* era o Calvados e que o molho era o resultado de uma "*entente cordiale*" — dito sem qualquer humor — entre a maçã e a laranja, que ele esperava tivesse agradado:

— Prefiro ser criticado por falta de sabedoria a ser elogiado por excesso de suavidade.

Não tenho certeza de qual foi a reação de Samuel ao ouvir a frase. Tenho a vaga lembrança de um sorriso, e de um balanço de cabeça, como quem não acredita no que está ouvindo.

Na minha última história das xifópagas lésbicas, Zulmira, já velha, depois de experimentar o amor com todos os tipos de mulheres, tem um caso com uma vampira. É mordida no pescoço e também vira vampira. Sua obsessão passa a ser morder o pescoço de Zenaide, que é obrigada a manter-se numa vigília constante contra os caninos da irmã, e o amor irrealizado das duas transforma-se em ódio. A metáfora, se me entendi bem, é sobre o terror de um destino à espreita, em vez de um destino terrível mas claro e certo. Lívia tapa os ouvidos quando eu tento lhe contar as histórias das xifópagas lésbicas. Está tentando me convencer a escrever histórias para crianças.

6.
A ESCAMA 2

O primeiro da turma a dirigir um carro foi o João. Roubou o carro do pai, botou mais sete dentro e nos levou para dar uma volta, que acabou dentro do quintal de uma casa, depois de, nunca ficamos sabendo bem como, pular sobre um muro de pedra mais alto do que o carro. Fugimos para o bar do Alberi, onde pouco depois chegou o dono da casa, o seu Homero, acompanhado de um policial. Estávamos todos ofegantes e o João sangrava de um corte na testa, feito por um anão de jardim que, também inexplicavelmente, entrara pelo para-brisa do carro. E foi então que o Alberi disse a frase que repetiríamos por muitos anos, todas as vezes que lembrávamos o episódio: "Aqui são todos anjos". Não éramos inocentes apenas da invasão do quintal do seu Homero. Pelo tom do Alberi, seríamos inocentes para sempre, não importava o que fizéssemos. Não era uma absolvição, era uma danação. Não era uma condição passageira e mentirosa, era uma categoria. E nenhum de nós se parecia mais com um anjo do que Marcos, o Xis Dois, com seu perfil delicado e seus olhos líquidos de bassê. Ele caíra de cara no chão ao sair de dentro do carro, estava coberto de lama e tremendo, e foi ele quem disse para o seu Homero e o policial que confirmava a informação do Alberi. Estávamos no bar havia umas duas horas, não sabíamos de carro nenhum, éramos inocentes. Os olhos do Marcos nos salvaram aquela noite. Todos se safaram menos o João, já que o carro do pai dele foi identificado. O castigo de João o tirou de circulação por mais de um mês. E agora Marcos era o que mais chorava no velório do João. O velório de maio.

— É o castigo — disse Marcos.

Ele se tornara místico. Só não levitava por causa do peso, porque também ficara esquisito com o tempo. Uma vez tentara carregar o Saulo para o Tibete, e só desistira quando, depois de usar todos os argumentos para dissuadi-lo, Saulo abrira os braços para que Marcos o examinasse bem, até dera uma volta para que Marcos não perdesse um detalhe da sua roupa branca e da sua gravata vermelha estufada, e dissera "Você pode me imaginar no Himalaia?". Marcos desistira do Tibete. Os dois nunca se separavam. Marcos era órfão e tinha sido criado pela tia, a mãe de Saulo. Quando Marcos, desiludindo todas as outras apaixonadas pelo seu perfil romântico e seu olhar de cachorrinho, ou de "crápula arrependido", como dizia Samuel, casou-se com a Olguinha, a piada do João "Quem será que vai dormir no meio?" não ficou longe da realidade. Saulo foi junto na viagem de lua de mel, embora jurasse que dormira num quarto separado. Saulo protegia Marcos. Insistia que o primo era um grande pintor, mesmo depois que o resto da turma já se resignara à sua mediocridade. Comprava quadros do Marcos em segredo, para ele pensar que suas exposições faziam sucesso. Cada um de nós tinha vários quadros do Marcos em casa, dados pelo Saulo. Quando a Olguinha abandonara o Marcos por um uruguaio, Saulo jurara vingança, mas não apenas contra Olguinha e o amante. Também passara a pensar em maneiras de prejudicar o Uruguai, organizando boicotes e protestos contra o país. Marcos era o nosso caçula. Nem o Samuel conseguia insultá-lo com convicção, limitando-se a dizer coisas como "Esse crápula ainda vira santo, ou vice-versa". Era o único dos meus amigos de quem Lívia gostava. Uma vez ela conseguira atraí-lo para um dos seus programas dietéticos. Exercícios, refeições planejadas e fibras, muitas fibras. Não durara muito. Ela não sabia que aquele exterior de anjo encobria um apetite do Diabo. Com o tempo, nosso artista romântico tornara-se feio e gordo e cada vez mais aéreo. Só voltava à realidade para breves visitas, e para comer. Fazia pinturas místicas, com alegorias primárias, mas felizmente não encontrava mais ninguém disposto a expô-las. Estávamos livres de ganhá-las de presente do Saulo.

— É castigo — disse Marcos, no enterro do João, depois que conseguiu controlar o choro.

Eu:

— Que castigo?

— Estamos sendo punidos.

— Por quê?

Os olhos líquidos, agora de um cachorro velho.

— Por quê? Por quê? Você ainda pergunta por quê?

Estávamos cochichando num canto. Os únicos outros sons dentro da capela eram os soluços da família do João. Olhei em volta, procurando uma cara satisfeita. Mas nenhum dos investidores enganados por João estava no velório.

— Ninguém foi envenenado na minha casa — repeti. Mas Marcos continuava:

— Pelos nossos pecados. Pela corrupção das nossas almas.

Saulo segurou o braço de Marcos.

— Calma, Marquinhos.

No último jantar antes da sua morte, Ramos nos falou da inveja secreta que tínhamos dos condenados. Ele já sabia que ia morrer. Nós todos sabíamos. O jantar foi no meu apartamento, e o responsável pela comida e a bebida foi o Samuel. Servimos os pratos preferidos do Ramos, medalhões de lagosta com maionese e o cordeiro com molho de menta que, segundo ele, era a única contribuição da Inglaterra para a civilização ocidental, além de Shakespeare e do parlamentarismo, mas para o qual não conseguira nos converter. Só Ramos, na turma, gostava do molho de menta. Ramos disse que a nossa vida era uma história de assassinato mal contada, sem as simetrias e as epifanias da arte. Sabíamos quem era o assassino desde o início. Ele nascia conosco. Nascíamos ligados ao nosso assassino. Sim, como as xifópagas do "nosso Daniel" — e a mão com o charuto me abençoou de longe. Crescíamos junto com o nosso assassino, a identidade do nosso assassino não era um mistério. Tínhamos as mesmas fomes e as mesmas fraquezas e cometíamos os mesmos pecados. Mas não sabíamos quando ele nos mataria, não sabíamos qual era o seu jogo. Saber a hora e a forma da nossa morte era como ser presenteado com um enredo, com uma trama, com todas as vantagens da literatura policial sobre a vida. Saber o nosso destino era como ter olhado o fim do livro. Passávamos a fazer outra leitura da nossa vida, agora como cúmplices do autor e do assassino. Tínhamos simetria, significado e lógica. Ou ironia, que também era uma forma literária de lógica. A única maneira inteligente de ler uma história policial é começar pelo fim, disse Ramos, recebendo com um sorriso triste o protesto de Tiago, o Kid Chocolate, que além de chocolate também era viciado em histórias policiais, entre outras obsessões. O que invejamos no condenado à morte é o seu privilégio de saber o seu fim, de ser um leitor superior a nós. Não há leitores casuais nos corredores da morte, completou Ramos. Todos os escritores, todos os críticos e todos os gastrônomos deviam estar sempre em estado terminal. Naquela noite, pela primeira vez desde a fundação do Clube do Picadinho, Ramos não comandou o brinde com o conhaque. Nós todos sabíamos que aquela era a última vez que jantaríamos juntos. Só não sabíamos que o fim seria tão rápido. No dia seguinte Ramos estava no hospital, onde morreria antes da meia-noite.

Samuel levantou-se e fez o brinde, erguendo o copo na direção de Ramos.

— Ao nosso crápula-mor.

O velório de maio foi o mais conturbado de todos. A família de João não encontrava explicação para a sua morte. Ele chegara em casa depois do jantar, meio bêbado, e recusara-se a ir para a cama. Recusara-se a sentar. Dizia que queria estar de pé quando ela chegasse. Ela quem? Ela, ela. Estava agitado. Acabara concordando em deitar pelo menos no sofá, quase ao amanhecer. E não acordara mais. Coração. Ele que nunca tivera nada, que nunca perdia o bom humor, que atravessara crises, ameaças de processo e de morte e a perspectiva da ruína iminente com pressão de menino. De menino, enfatizava a sua mulher, indignada. Como era possível?

A Lívia entrou na capela, cumprimentou a mãe e a mulher do João e veio na minha direção como se fosse me bater.

— O que é isso, Zi?

— Calma. Aqui não.

— O que é isso? O que está acontecendo?

— Ninguém foi envenenado na minha casa.

Como era possível? Três jantares, três mortes, o que era aquilo? Pedi para Lívia baixar a voz mas a mulher do João, notando que ganhara uma aliada, veio juntar-se a ela sob o meu nariz. Como eu explicava aquilo? O Clube do Picadinho fechou fileira atrás de mim. O Clube do Picadinho cuidava dos seus. Samuel disse que ninguém precisava explicar nada. Fora uma fatalidade. Saulo também começou a nos defender, mas teve que parar quando se deu conta de que Marcos não estava mais ao seu lado. Marcos estava junto ao caixão e começara a fazer um discurso para o morto.

— Pecador...

Saulo conseguiu afastá-lo antes que ele continuasse, mas a mãe do João já estava com a cabeça atirada para trás com o choque, a boca aberta procurando ar. Achamos melhor nos retirar em grupo, os sete sobreviventes, antes que nos expulsassem. Na saída ouvimos alguém falar em autópsia. Aquilo não podia ficar assim.

Lívia, ajudada pelas tropas da minha madrasta, fez uma limpeza radical na minha cozinha. Trocou todas as panelas e desinfetou toda a área de serviço. E exigiu saber mais sobre "esse tal de Lucídio", que estava fazendo os nossos jantares. De onde ele saíra? Os germes assassinos podiam estar nas suas mãos.

Tentei desconversar, mas Lívia insistiu. Queria estar presente quando ele cozinhasse de novo para o grupo. Isso se nós fôssemos loucos o bastante para continuar com os jantares, depois das três mortes.

Quinze dias depois do enterro do João, Lucídio me telefonou.

— Sinto muito pelo João.

— Anrã.

— Foi coração?

— Parece. Falaram em fazer uma autópsia, mas acho que não fizeram.

— Autópsia?

— Para saber o que o matou. Pode ter sido até, sei lá. Veneno.

— Veneno na comida?

— É.

Ele ficou em silêncio. E de repente, fui tomado pelo pânico. Não queria que ele me entendesse mal, desligasse o telefone e desaparecesse para sempre das nossas vidas. Não antes de fazer meu *gigot d'agneau*. Disse:

— Alô, você está aí?

— Estou.

— Vamos tratar do jantar de junho?

Tínhamos combinado que o jantar de junho seria o do Paulo. Feito na minha casa pelo Lucídio, como os outros.

— Certo — disse ele. Suspirei aliviado.

— O que você está pensando em fazer?

— Quiches. Como prato principal.

— Certo.

Quiche. O Marcos era louco por quiche.

Dei a data do jantar errada para a Lívia, para evitar que ela encontrasse o Lucídio durante os preparativos. Lucídio reclamou da troca das panelas. Ainda bem que Lívia substituíra minhas fôrmas para quiche por outras, mas preferia as fôrmas usadas. Na noite do jantar, depois que todos chegaram, reuni o grupo no meu escritório e fechei a porta à chave. Se o Lucídio saísse da cozinha, onde estava desde aquela tarde preparando o jantar, não nos surpreenderia. Falaríamos em voz baixa para que ele não pudesse escutar através da porta. Precisávamos conversar.

— Abel, André, João... Se é em ordem alfabética, ele pulou você, Daniel. Por que será?

— Não é por ordem alfabética — disse Marcos.

— Então qual é a ordem?

— Por pecado. Abel foi o primeiro dos dez porque abandonou a Igreja. Honrarás o senhor teu Deus não é o primeiro mandamento?

Todos se entreolharam. Ninguém sabia a ordem dos dez mandamentos.

— Qual era o pecado do André, além de ser chato? — perguntou Samuel.

— E o do João? Mentiroso? Acho que usura, picaretagem e anedota ruim não estão cobertas nos mandamentos. Ou estão?

— É por ordem alfabética — disse Pedro.

— Ou por ordem nenhuma. Ele escolhe um para morrer, e faz o prato que o cara mais gosta.

Todos estavam olhando para o Marcos. Pelos dois critérios, era a vez dele.

— Se é por ordem alfabética, por que ele pulou o Daniel? — insistiu o Marcos.

— Porque o Daniel é o dono da casa e da cozinha e o que o trouxe para o nosso meio. Por qualquer critério, o Daniel será o último a morrer.

— De qualquer jeito — disse Pedro —, morre o último que pede mais.

— Morre como? — perguntei.

— Como, "como"? Envenenado.

— Ninguém é envenenado na minha casa.

— Ó Daniel. Acorda. Ele está nos envenenando um a um. Deve ser com o veneno do peixe.

— Que peixe?

— O tal peixe japonês. O da escama.

— E vocês acreditam naquela história?

Era o Samuel falando.

— Por que não íamos acreditar? Ele disse que estudou culinária em Paris e os pratos dele provam que é verdade. Ele disse que tem acesso a um veneno poderosíssimo e três mortes misteriosas depois de jantares feitos por ele provam que é verdade. E ainda tem a escama.

— A escama não prova nada — disse Samuel.

— Por quê?

E então Samuel tirou a carteira do bolso e de dentro dela pinçou uma escama idêntica à que Lucídio nos mostrara.

— Porque eu também tenho uma.

Segundo Samuel, a escama plastificada era vendida em qualquer loja de artigos japoneses do mundo e o ideograma não queria dizer nem "Todo desejo é um desejo de morte" nem "A fome é um cocheiro surdo" nem qualquer outra bobagem parecida, mas a palavra "mar". E a escama era de um peixe que podia ser venenoso ou não, mas provavelmente era apenas um peixe ornamental qualquer. Pedro disse que aquilo também não provava nada, que o fato era que Lucídio estava nos envenenando e que o Marcos era claramente o escolhido do dia e precisava decidir o que fazer. E aí, Marcos?

Mas Marcos estava com a cabeça levantada, com um meio-sorriso nos lábios. Não tinha ouvido nada.

— Sintam... — disse Marcos.

— O quê, Marquinhos? — perguntou Saulo.

— O cheiro da quiche.

* * *

Canapés fantásticos. Aspargos gigantes, saídos Deus sabe de onde, com molho *hollandaise.* E as quiches Lorraine. Delicadas, deliciosas, divinas. Duas por pessoa, ocupando todo o prato. Todos os pratos voltaram para a cozinha vazios. A única nota destoante do jantar foram os vinhos do Paulo. Paulo trabalhava para Pedro, que estava quebrado. Segundo Samuel, a regra numa situação assim é os vinhos dos empregados piorarem à medida que os do patrão melhoram, pois o patrão passa a gastar mais com supérfluos, para se consolar, do que com sua empresa falida e seus empregados. Os vinhos eram nacionais, o que valeu vários insultos do Samuel ao Paulo e ao Pedro. Samuel estava ameaçando dissolver a manga da suéter de Paulo, encharcando-a de vinho, quando Lucídio apareceu da cozinha com uma quiche num prato e disse:

— Sobrou uma. Quem vai querer?

Fez-se um silêncio profundo e prolongado. Marcos e Saulo estavam se olhando. Finalmente Saulo disse:

— Você não vai querer, vai, Marquinhos?

Tiago perguntou o que tinha de sobremesa, para mudar de assunto. Lucídio não respondeu. Samuel disse:

— Deixa pra lá, Marcos.

— É — reforçou Pedro. — Vamos para a sobremesa. Marcos continuou em silêncio. Olhou para a quiche, depois outra vez para o Saulo, depois para a quiche. Suspirou e disse:

— Eu quero.

Saulo hesitou, depois disse:

— Então me dá um pedaço.

Lucídio voltou para a cozinha e trouxe outro prato. Dividiu a quiche em dois pedaços iguais e colocou os pratos na mesa em frente a Marcos e Saulo. Tudo isso em silêncio. Marcos e Saulo comeram em silêncio. Continuamos em silêncio até os dois acabarem. Com Lucídio perfilado ao lado da mesa. No fim, Samuel, os sulcos do seu rosto dando a impressão de que tinham se aprofundado ao longo da noite, disse:

— O pior ainda não aconteceu, enquanto pudermos dizer "Isto é o pior".

Rei Lear. Ato quatro, cena um.

E Lucídio sorriu com a boca apertada.

7.
"WANTON BOYS"

Um dia passamos a tarde inteira na agência, Marcos, Saulo e eu, discutindo como seria a mulher perfeita. Eu já estava namorando a minha primeira mulher, a que me enterneceu quando nos separamos e ela insistiu em levar uma pequena estatueta que tínhamos comprado juntos para ter uma lembrança dos nossos "bons tempos", até ela chegar na porta, virar-se e atirar a estatueta na minha cabeça. Nós todos tínhamos namoradas, firmes e não tão firmes, menos o Samuel, que desprezava meninas "de família" e era assíduo dos bordéis da cidade. Mas nenhuma namorada contribuiu com um detalhe sequer para o nosso consenso da mulher perfeita. Naquela tarde descrevemos como seria o seu cabelo e a sua pele e chegamos a especificar como seriam seus dentes, concordando que uma pequena proeminência dos incisivos que levantasse ligeiramente o lábio superior só realçaria sua perfeição. Escolhemos timbre da voz, seios, pernas, até a espessura dos tornozelos. Só quando já estávamos com a mulher pronta, e decidindo se a compartilharíamos ou a disputaríamos até a morte, é que nos demos conta. Tínhamos descrito a Mara, mulher do Pedro. Nos apressamos em criar um nome para o nosso ideal que em nada lembrasse a mulher do amigo: Verônica Roberta. Era com Verônica Roberta que sonharíamos, toda vez que sonhássemos com Mara, a que nunca teríamos.

Em vinte anos, Mara não perdera sua beleza tranquila. Tinha um pouco de grisalho no cabelo, que não disfarçava. Seu corpo ficara mais espesso e pesado, mas as formas ainda eram as mesmas da nossa paixão. Ela olhou o rosto de Saulo no caixão, depois ficou por um longo tempo olhando o rosto de Marcos, que parecia ter readquirido sua juventude e seus traços finos de anjo com a morte. Marcos também era o seu favorito. "O Marcos é o único de vocês que presta", ela me dissera uma vez, depois do caso com o Samuel e do divórcio do Pedro. Ela veio na minha direção. Samuel estava do meu lado. O velório de Xis Um e Xis Dois transcorria calmamente, em contraste com o velório conturbado de João, apesar do choque da morte simultânea dos primos e da perplexidade crescente com aquelas tragédias envolvendo o Clube do Picadinho, que diminuíra cinquenta por cento em quatro meses. Mara me cumprimentou. Eu hesitei, depois disse:

— Você se lembra do Samuel? Ela teve um choque.

— Samuel!

Ele estava sorrindo, cuidando para não separar os lábios e mostrar os dentes podres. Suas olheiras pareciam feitas a carvão, e malfeitas.

— Como vai, Mara?

Ela não conseguia falar. Os dois ficaram se olhando, Mara de boca aberta, o sorriso forçado de Samuel aprofundando as cavidades nas suas faces descarnadas. Finalmente ele fez um gesto com os ombros, como que se redimindo de qualquer culpa pela passagem do tempo, e pedindo perdão por ser o terceiro cadáver presente. E a Mara começou a chorar.

Nunca soubemos se o Pedro chegou a desconfiar que a Mara o enganara com Samuel. Para nós o caso foi um trauma. Não estava nas nossas expectativas para a mulher perfeita um caso com Samuel Quatro Ovos, por mais irresistível que fosse o bandido. Não nos incomodava pensar em Mara e Pedro dormindo juntos. Desde garotos tínhamos concedido a Pedro o direito a todos os seus privilégios de berço, sem nos sentirmos diminuídos. Quando ele passou a só ter aulas particulares em casa, lamentamos a perda do colega mas não o renegamos ou invejamos. Quando a mãe dele o proibia de se misturar conosco, compreendíamos a preocupação da dona Nina: éramos mesmo anti-higiênicos e perigosos. Quando Pedro ganhou seu primeiro carro ao fazer dezoito anos, concordamos com as suas condições para entrar no carro, só dois de cada vez para não forçar a suspensão e de sapatos limpos, e nos sentimos de alguma forma regalados com o carro novo. E quando Pedro nos apresentou sua namorada Mara, com os cabelos escorridos e a pele muito branca e os dentes incisivos levemente imperfeitos, mas só até o ponto da perfeição, concluímos que aquilo era apenas mais um merecido prêmio da fortuna ao nosso príncipe herdeiro. A viagem de lua de mel de Pedro e Mara pela Europa durou quase um ano, e nós a acompanhamos toda na imaginação, de cama em cama. Quando voltaram, Pedro assumiu seu lugar na empresa do pai, depois substituiu o pai morto na direção da empresa, e em vinte anos destruiu a empresa, o que nós já esperávamos, e perdeu a Mara, o que nós nunca perdoamos. Quando o Clube do Picadinho fez sua primeira excursão à Europa, Pedro e Mara ainda não tinham se divorciado mas ele levou outra na viagem, nos sonegou a companhia da Mara. Tivemos de nos contentar em sonhar com a Verônica Roberta, que nunca nos desiludiria. A Verônica Roberta, por exemplo, jamais teria um caso com o Samuel Quatro Ovos.

Foi na primeira excursão do Clube do Picadinho a Paris que Ramos me falou, pela primeira e única vez, da sua homossexualidade. Estávamos caminhando pela beira do Sena, num fim de tarde, e ele me contava da sua experiência parisiense. Vinha a Paris desde jovem adulto, em certa época tinha morado quatro anos num apartamento em Montparnasse. Voltava a Paris todos os anos, às vezes mais de uma vez por ano. Tinha um amigo em Paris. Um grande amigo. Depois se corrigiu, como se tivesse tomado uma decisão.

— Amigo... É um amante.

— Sei — disse eu, só para não ficar quieto.

— Nos conhecemos aqui mesmo. Ele é brasileiro.

— Sei.

— Ainda não o procurei, desta vez. É um caso complicado...

Olhei disfarçadamente para o rosto de Ramos, procurando alguma explicação para aquele súbito acesso de confidências. Estávamos caminhando juntos por casualidade. Não tínhamos nenhuma afinidade especial, além das afinidades do grupo todo. Ele era o nosso organizador e tutor e a nossa admiração, mas sabíamos pouco a seu respeito. Fora Samuel quem o introduzira no grupo, mas nem Samuel parecia saber muito da sua intimidade. Samuel o chamava constantemente de "veado", por causa das suas manias e do seu jeito afetado. Mas anos depois, quando Ramos estava no hospital morrendo de aids, Samuel parecia ser o mais inconformado com a confirmação da sua homossexualidade, o que acabara com a nossa suposição de que os dois fossem amantes.

— Sei.

— Eu tenho outro amigo, no Brasil.

— Sei.

— Estou aborrecendo você?

— Não, não.

— Histórias de amor são aborrecidas. Principalmente histórias complicadas de amor.

— Não, não.

— A infinita variedade do comportamento humano não tem o fascínio que dizem. É, sim, a causa de todos os nossos aborrecimentos.

— Sei.

Eu não estava confortável no papel de confidente do Ramos. Por que eu? Como tinha a compulsão de falar, não era um confidente confiável.

— Se os dois fossem pessoas sensatas... Mas não são. São insensatos e cruéis.

— Os dois se conhecem?

— Se conhecem, se conhecem. E se odeiam.

E depois:

— Meus "*wanton boys*"...

Entendi "meus *wong-tong boys*" e pensei que tivesse alguma coisa a ver com comida chinesa, mas Ramos explicou que "*wanton*" era um termo em inglês que queria dizer travesso, impiedoso, mau. "*Wanton boys*" era de Shakespeare.

Naquela noite jantamos numa grande mesa num dos mais antigos restaurantes de Paris e o discurso do conhaque do Ramos foi em francês, debaixo de protestos da maioria. E Samuel quase causou um incidente com a sua insistência em chamar os garçons de "*monsieur le crapule*". Depois daquele fim de tarde em Paris, Ramos nunca mais me falou da sua vida particular, nem eu perguntei.

No enterro dos Xifópagos, um homem aproximou-se de mim e se apresentou. Entendi ele dizer "Inspetor" e me adiantei, antes que ele fizesse qualquer pergunta:

— Ninguém é envenenado na minha casa, Inspetor.

Mas era engano. Ele me corrigiu.

— "Inspetor", não. Spector. Meu cartão.

Chamava-se Eugênio Spector e o seu cartão trazia apenas mais uma palavra, "Eventos", além de um número de telefone. Gostaria de falar comigo, quando fosse conveniente. Tinha uma proposta a fazer que talvez me interessasse. Pediu que eu lhe telefonasse. "Assim" — disse ele, fazendo um gesto episcopal que incluiu tudo à nossa volta — "que passar a dor." O sr. Spector esteve aqui há dias e... Mas me adianto, me adianto. Para, Daniel.

Depois do enterro, fomos para o meu apartamento. Nos reunimos no escritório. O Clube do Picadinho com seu efetivo vivo completo: cinco membros. No enterro, Lívia só dizia "Que loucura é essa, Zi? Que loucura é essa? Parem com esses jantares!". A questão a discutir era: pararíamos com os jantares ou não? O próximo a oferecer o jantar seria o Pedro. Pela ordem alfabética — já que Saulo obviamente morrera fora de ordem, por sua própria iniciativa —, depois do Marcos deveria morrer o Paulo.

— E então? Cancelamos o jantar? — perguntei.

— Não — disse Paulo, sem hesitação.

— Acho que devemos votar... — disse Samuel.

— O principal interessado sou eu — disse Paulo. — Sai o jantar.

Pedro sugeriu que ele, e não o Lucídio, escolhesse o cardápio. Paulo não aceitou. Lucídio decidiria o que fazer. Eu sugeri que supervisionássemos a feitura dos pratos. Principalmente da última e fatídica porção. Paulo também vetou a medida. Lucídio devia ter toda a liberdade para trabalhar.

— Digam a verdade — disse Paulo. — Tirando as mortes... Vocês alguma vez comeram tão bem como nesses jantares do Lucídio? Alguma vez na vida?

— Não, mas...

— E tem outra coisa. Se começarmos a interferir no trabalho dele, ele desaparece. Ele vai embora. Ele nos deixa.

— Nós é que estamos indo embora — disse Tiago. — Um por um. Um por mês. O Clube do Picadinho vai acabar não por falta de cozinheiro, mas por falta de membros. Nós estamos todos morrendo!

E então o Paulo se recostou na poltrona, sob uma pintura do Marcos que mostrava, segundo o pintor, a luta do Ser Uno para se livrar da dualidade do corpo e do espírito, e disse o seguinte:

— Vocês eu não sei, mas eu não me importo.

A Lívia telefonou para saber como eu ia. Respondi que estava bem, que ia tentar dormir. Ela perguntou se tinha alguém comigo. "Não", menti. O Samuel tinha ficado para trás, depois que os outros três saíram. Estava em profunda depressão, pela morte de Marcos e Saulo e pelo seu encontro com Mara.

— Parem com essa loucura, Zi!

— Certo.

— Parem com os jantares. Denunciem esse cozinheiro!

— Certo, certo.

Quando desliguei o telefone, Samuel estava examinando um dos quadros do Marcos doados pelo Saulo que cobriam a parede do meu escritório.

— Você acha que o Marcos se matou por autocrítica? — perguntou Samuel, sem se virar.

— É isso que nós estamos fazendo? Nos suicidando?

— Eu não. E você?

Me lembrei da minha euforia ao comer o pato *à l'orange*, quando havia a possibilidade de que eu fosse o escolhido para morrer. A sensação que Ramos descrevera, de estar entrando num território privilegiado, onde tudo era nítido e inevitável, e os sentidos se aguçavam como nunca. O território do condenado. Ou do provador de fugu descrito por Lucídio.

— Samuel, me diz uma coisa...

— O quê?

— Como é que você tem uma escama de peixe igual à do Lucídio?

— Pergunte ao Lucídio por que ele tem uma escama de peixe igual à minha. Ele mentiu a seu respeito.

— Onde você conseguiu a sua?

— Ganhei.

— Por que você acha que o Lucídio mentiu a respeito da escama?

— Queria provocar o seu interesse. Toda a história do fugu é inventada. Ele só queria deixar você intrigado. Sabia como você gosta de histórias estranhas.

— Como ele sabia?

— Alguém contou.

— Você acha que ele fez tudo isso para ser convidado a cozinhar para nós? Para nos envenenar?

— E deu certo.

— Por que ele está nos envenenando?

— Você não está fazendo a pergunta certa.
— Qual é a pergunta certa?
— Por que nós estamos nos deixando envenenar?

Paulo foi o último a chegar ao jantar em que seria envenenado. Lucídio tinha confirmado: o prato da noite seria *blanquette de veau.* O prato favorito do Paulo. O condenado chegou com um grande pano vermelho sobre as costas, como uma capa. Procurara alguma coisa do seu passado de ativista político para trazer para seu sacrifício e não encontrara nada, fora alguns livros mofados. Improvisara a bandeira vermelha, que manteria sobre os ombros pelo resto da noite. Durante a qual só ele falou. Fez um histórico do seu engajamento, desde os seus tempos de estudante, passando pelo seu mandato de vereador, o tempo na clandestinidade, as manifestações, as missões secretas para o partido, a prisão, a eleição para deputado. E falou na traição. Sim, era verdade. Tinha traído, entregado companheiros. Tinha estado nas barricadas e na merda, enquanto nós levávamos nossas vidas médias sem qualquer grandeza, sem nem a exaltação da grande calhordice, da grande culpa. Tínhamos em comum a nossa fome, e o nosso fracasso, mas ele tinha tocado os extremos, ele era melhor do que nós, do que todos nós, inclusive os mortos. E a todas estas devorava os canapés, depois a *tarte à l'oignon,* depois vários pratos da vitela acompanhados por um Bordeaux branco seco que Pedro desencavara para a última refeição do seu colaborador. E quando Lucídio trouxe da cozinha a terrina com o que sobrara da *blanquette,* não precisou perguntar quem queria mais. Paulo arrancou a terrina quente das suas mãos, sorveu o molho branco ruidosamente da terrina mesmo, depois colocou-a sobre a mesa e comeu o resto da vitela com as mãos, roncando, como se estivesse comendo o picadinho do Alberi. Enquanto os outros comiam a sobremesa, Paulo ficou encurvado na sua cadeira, finalmente em silêncio, com a cabeça pendente e o olhar fixo na toalha. Não levantou a cabeça nem quando Lucídio, surpreendendo a todos, propôs-se a fazer o brinde final, o brinde do Ramos, com o conhaque.

— Não pode — protestou Samuel. — Você não é do Clube.

Mas eu, Pedro e Tiago o convencemos a deixar Lucídio falar. Afinal, o Clube já quase não existia mais.

Lucídio ergueu seu copo de conhaque. Era a primeira vez que aceitava o conhaque. E a primeira vez que não ficaria de pé ao lado da mesa, apenas respondendo a perguntas sobre os pratos que servia. Ele tinha frustrado a minha expectativa de que seria um bom contador de histórias, e que teria outras histórias como a do clube do fugu para contar. Comportava-se como um cozinheiro agradecido por ser tratado como um igual pelos patrões e convidado a sentar à mesa, mas que conhecia o seu lugar e mantinha o respeito. Agora ia falar. Levantou o copo de conhaque olhando para Samuel e disse:

— Que todos os amigos tenham a recompensa das suas virtudes, e os inimigos uma medida do que merecem.

Samuel levantou seu copo para Lucídio. Disse:

— Do que me acusas, eu fiz. E mais, muito mais. O tempo o revelará. Isso é passado, e eu também. Mas o que és tu, que desta forma me derrotas?

E Lucídio:

— Sou mais vítima de pecados do que pecador.

— Eu não estou entendendo nada — disse Paulo, subitamente redivivo.

Foram as suas últimas palavras.

— Nada virá de nada — disse Samuel.

E ele e Lucídio beberam o conhaque de um gole só, ao mesmo tempo.

Combinamos que o jantar seguinte seria o do Tiago. Mesmo esquema: meu apartamento, Lucídio na cozinha. Tiago começou a dizer "E quem será o enve..." mas se conteve a tempo. Lucídio trocou seu avental pelo paletó elegante, despediu-se formalmente de todos, menos de Samuel, e saiu. Tiago saiu logo em seguida. Pedro levou Paulo para casa. Antes de sair, Paulo me deu um longo abraço, mas Samuel disse "Sai daqui, seu crápula" e se recusou a abraçá-lo. Samuel ficou estirado num dos sofás da sala. Perguntou se podia dormir ali aquela noite. Respondi que sim. Ele estava com o queixo enterrado no peito, olhando fixamente para uma das minhas paredes nuas.

— O Lucídio sabia que o Ramos morreu de aids. Como?

— Alguém contou.

— Você e o Lucídio já se conheciam.

Ele não respondeu.

— Por que você não disse nada, na primeira vez em que o viu aqui?

Ele demorou para falar. Finalmente fechou os olhos, suspirou e disse:

— Eu queria ver até onde ele iria.

— E por que...

Mas Samuel estava fazendo um gesto com as mãos, querendo dizer que não diria mais nada aquela noite.

8.
KID CHOCOLATE, DETETIVE

Depois da morte do pai, Pedro levara a mãe para viver com ele e sua terceira mulher e dona Nina rapidamente tomara conta da casa e acabara livrando-se da nora, não sem antes acusá-la de vários crimes contra a higiene, do lar e do marido. Tínhamos certeza de que dona Nina ainda dava banho no Pedro todos os dias e lhe dizia o que vestir. Mas dona Nina tinha falhado no dia do enterro do Paulo. Pedro apareceu no velório de julho sem gravata e com a barba por fazer. Senti que as pessoas no velório estavam nos isolando acintosamente, e que só não tínhamos sido expulsos do local porque não valíamos o escândalo. Pedro, Tiago e eu ficamos perfilados num canto longe do caixão e as pessoas nos lançavam olhares de censura e incompreensão, e o aspecto malcuidado do Pedro não ajudava — para não falar nas meias de lã que eu usava com as sandálias e no fato de que também não fizera a barba depois de receber a notícia da morte de Paulo, naquela manhã. Samuel não apareceu no velório. Quando eu acordara para receber as tropas da minha madrasta convocadas para limpar o apartamento ele já tinha ido embora. Lívia chegou no apartamento junto com as faxineiras, dizendo "Eu não acredito, Zi. Eu não acredito. Vocês fizeram o jantar. Eu não acredito. Eu não acredito. Quem vai morrer desta vez?". Eu não tinha jurado que não haveria mais jantares? Não, eu não jurei, eu... Tocou o telefone e era a notícia da morte do Paulo. Ele tinha se deitado enrolado na bandeira vermelha e fizera uma coisa estranha, amarrara seus velhos tênis do futebol de salão em volta do pescoço, ele que desde menino não jogava futebol de salão, e morrera assim. Quando soube dos tênis amarrados no pescoço, Pedro disse: "O que será que eu vou fazer?".

— Como?

— Vou fazer alguma coisa parecida. Vou falar com a Mara.

— O quê, Pedro?

— A Mara saberá o que eu devo fazer. Como eu devo morrer.

Ele estava com os olhos injetados, o rosto inchado e os cabelos em desalinho. Pela primeira vez desde que o conhecera, com doze anos, eu via Pedro assim, sem o controle da própria imagem. Pedro descobrindo como seria um mundo sem a dona Nina.

— Eu sou o próximo, como vocês sabem — disse Pedro. Com um certo orgulho.

Mara não estava no velório de julho. Mas estava o sr. Spector. Que me abanou a mão de longe e disse, com mímica e caretas, que nosso assunto poderia esperar, não era momento, depois, depois, ele me procuraria. E estava Gisela, que se aproximou de nós e anunciou que, depois de todas aquelas mortes suspeitas, tinha começado a investigar a morte de Abel. Mandaria exumar o corpo. E que nos preparássemos, porque iria fazer barulho. Lembrei do que Ramos disse uma vez, na hora do conhaque, sobre as mulheres e seu desafio aos homens. Todas as mulheres vinham de duas linhagens, a judaico-cristã e a grega. As da linhagem judaico-cristã descendiam de Eva, que Deus tinha feito de uma costela de Adão para servir o homem, tentá-lo e acompanhá-lo na sua queda e na sua ruína. As da linhagem grega descendiam de Atena, que Zeus tirara do seu próprio cérebro, e não perdiam oportunidade de lembrar que vinham da cabeça de um deus e nada tinham a ver com as nossas entranhas ou a nossa danação. Gisela era da linhagem da cabeça.

Lívia também não apareceu no velório. Mas estava me esperando no apartamento depois do enterro. E recrutara uma figura inesperada para me confrontar com minha loucura e tentar me trazer de volta à razão. Uma figura que eu raramente via. Meu pai. Foi ele quem mais falou durante a reunião para me salvar, contra um fundo da Lívia dizendo, num recitativo "Eu não acredito, eu não acredito", só variando a acentuação entre o "não" e o "acredito". Meu pai queria entender. Eu sabia o que estavam dizendo pela cidade? Que nós tínhamos enlouquecido, que nós estávamos metidos numa espécie de versão gastronômica de roleta-russa, que havia funerárias brigando por um lugar na nossa porta todas as vezes que nos reuníamos? Aquilo precisava parar. Tínhamos sorte por ainda não ter havido uma investigação policial, ou um processo, ou um escândalo na imprensa. Aquilo precisava parar!

E então eu disse uma coisa que me surpreendeu. Eu disse:

— Parar agora não seria justo com os que já morreram.

— O quê?

— Eu não acredito — disse a Lívia. — Eu não *acredito*. Eu *não* acredito.

Meu pai perdeu a paciência. Isso normalmente ocorre em dez minutos, toda vez que conversamos. Naquele dia demorou um pouco mais. Ele insistiu para que eu tomasse jeito. Eu ainda escrevia? Queria publicar um livro? A Lívia dizia que eu tinha talento. Ele pagaria o livro. Talvez uma viagem? Tudo para eu parar com aquela loucura. Eu fiquei mudo, com grande esforço. Finalmente ele perdeu a paciência. Se eu quisesse continuar com aquela demência que continuasse, mas não com o dinheiro dele. Se eu quisesse me matar, que me matasse. Ele não financiaria. E que eu não contasse mais com minha madrasta para limpar a sujeira das nossas orgias macabras.

Meu pai foi embora. A Lívia ficou.

— Eu não acredito. Eu *não* acredito. Eu não *acredito*.

— Você não entende.

— Não entendo mesmo, Zi.

— É a turma. Tudo isto é um, é um...

Era um quê? Eu não podia explicar o que eu mesmo não entendia. Lívia:

— A turma, a turma. Um bando de fracassados e inúteis que nunca fizeram nada na vida a não ser se empanturrar e desgraçar a vida dos outros. Me diz um que fez alguma coisa que valesse a pena. O pobrezinho do Marcos ainda tentou mas vocês não deixaram. O Pedro quebrou as empresas da família, o João era um picareta de luxo, o Paulo era insuportável... E o Samuel é um doente. É um louco. Devia estar internado. Não duvido que tudo isto seja coisa dele. Não duvido nada. Esse tal de Lucídio eu nem sei se existe. Deve ser invenção sua.

— Não, Lívia. É que você não nos conheceu antes... disto.

— Não comece a me falar no Ramos. Por favor. Pelo que você me conta, era o mais doente de todos.

Lívia não tinha nos conhecido antes. Não podia entender. Não participara dos rituais. Depois da morte do Ramos as mulheres tinham começado a frequentar nossos jantares, e só o que ouviam eram histórias do Ramos, dos seus discursos na hora do conhaque, da vez em que nos levara num inesquecível tour pela Borgonha, da vez em que... "Parecem os apóstolos falando de Cristo!", protestara, finalmente, a última mulher do Pedro. "Parem com esse Ramos!"

Naquele mesmo dia, depois que Lívia saiu, com meu juramento de que pararia com os jantares e faria, sim, um tratamento psicológico e me alimentaria com fibras, muitas fibras, orientado por ela, Tiago foi ao apartamento. Ou foi em outro dia? Não, foi no mesmo dia. Estou escrevendo sem muito rigor, estou bebendo vinho sem parar há algumas horas, não me lembro de tudo, mas tudo aconteceu assim, mais ou menos assim, juro. Tiago foi ao apartamento e contou que depois do jantar do Pedro seguira Lucídio até sua casa. Discretamente, claro. Não queríamos fazer nada que espantasse nosso genial cozinheiro, nem sugerir que as mortes tinham algo a ver com ele nem demonstrar qualquer interesse pela sua vida que fosse além do que sua formalidade permitia. Mas eu sabia onde Lucídio morava?

— Onde?

— Na casa do Ramos.

— Como, na casa do Ramos?

— Mesmo edifício, mesmo apartamento. Vi o nome dele na frente.

Tiago, velho leitor de livros policiais, tinha decidido investigar as nossas mortes. Não me surpreendi que já soubesse tanta coisa — eu sabia, por exemplo, que o João estava com câncer, o que nem sua família sabia? — porque Tiago era um obsessivo. Era o mais obsessivo de nós todos. Não era apenas viciado em chocolate. Sabia tudo sobre chocolate, a sua história, a sua composição, as possíveis explicações químicas para a sua dependência. Pertencia a uma sociedade internacional de chocólatras que trocavam informações sobre sua paixão comum. Numa das nossas idas à Europa, deixara o grupo para ir conhecer um correspondente seu em Bruxelas e voltara maravilhado. Fora convidado a dormir na casa do homem, e não só havia uma espécie de arca ao lado da cama cheia de chocolate como a própria arca era feita de chocolate, para o caso de haver uma falha no suprimento e a pessoa acordar no meio da noite precisando comer chocolate. Fazia parte do folclore da turma a vez em que a Milene, responsável pela iniciação sexual de todos nós, se oferecera ao Tiago em troca de uma barra de chocolate e Tiago preferira ficar com a sua virgindade e a barra. Anos depois sacrificara um grande contrato de arquitetura para comparecer a um festival de chocolate na Suíça e depois disso nunca mais recuperara sua reputação como arquiteto. E era um obsessivo em tudo. Na sua casa havia uma peça só para seus livros policiais, que enchiam as estantes contra as quatro paredes e estavam empilhados no chão e em cima de mesas. Uma vez Ramos dissera: "O homem é o único animal que sempre quer mais do que precisa. O homem é o homem porque quer mais". Kid Chocolate queria tudo, e queria saber tudo. Sua curiosidade também era voraz. Me contou que tinha investigado a história do peixe venenoso. Existia uma cidade chamada Kushimoto no Japão, e um peixe chamado fugu que matava se não fosse bem preparado, mas a tal confraria secreta de provadores do fugu não existia, ou então era mesmo secretíssima. Não encontrara a escama plastificada em nenhuma loja de artigos japoneses mas a descrevera e tinham lhe dito que podia ser a escama de um peixe hermafrodita, que circulava muito entre homossexuais, um pouco como a semente de cacau que Tiago tinha no chaveiro e o identificava como maníaco por chocolate entre os outros maníacos. Isso, advertiu Tiago, se o japonês da loja também não estivesse inventando uma história.

Kid Chocolate e eu fomos até o edifício. Fica perto do meu, fomos a pé. Escurecia. Fazia frio. Só a curiosidade instigada pelo Kid para me tirar da minha casa de esquilo, de onde ultimamente só saía para comprar vinhos no shopping e ir ao velório do mês. Lá estava o nome do Lucídio como ocupante do 617, o apartamento que fora do Ramos. O porteiro nos olhou com desconfiança, principalmente para as minhas sandálias com meias, mas sucumbiu à insistência simpática do Kid e começou a falar. O moço do 617 se mudara havia pouco para o edifício. Coisa de um ano. Parece que herdara o apartamento do seu Ramos. Antes morava em Paris, parece. Descrevi o Samuel, o que era fácil, era só descrever uma caveira, e perguntei se o porteiro o tinha visto entrando ou saindo do edifício. Ele disse "O seu Samuel? Conheço. Vinha muito aqui. Mas no tempo do seu Ramos, não agora". O seu Lucídio era um homem muito reservado, muito educado mas muito fechado. Saía pouco e não recebia ninguém. Não, não, não tinha família, parece. Devia estar no apartamento naquele momento. Nós gostaríamos de ser anunciados? Não, obrigado. Pedimos para ele não dizer ao Lucídio que estivéramos ali. E batemos em retirada. A última coisa que queríamos era o Lucídio pensar que estávamos nos metendo em sua vida.

Dias depois, um telefonema da Mara. Quieto, coração. Estava preocupada com o Pedro. Ele a procurara, pela primeira vez em muitos anos. Queria planejar o seu velório e achava que ela podia ajudá-lo.

— Planejar o velório?

— Ele diz que é um privilégio. Saber o dia e a forma da sua morte e poder planejar o fim, dar um significado à sua vida. E quer preparar tudo. Quer que eu o ajude a produzir o velório. Disse que só eu me lembro de certas coisas da vida dele, que até ele esqueceu. Está completamente louco. Queria até trazer o grupo de violinistas que tocou na nossa mesa, em Paris, na nossa lua de mel, há mais de vinte anos, para tocar no velório. Eram uns velhinhos, já devem ter morrido todos. É uma loucura. No que é que vocês se meteram, Daniel?

— A dona Nina está sabendo disso?

— A dona Nina há anos que saiu do ar. Passa o dia inteiro limpando e desinfetando os banheiros da casa do Pedro. E agora está procurando a flauta.

— Que flauta?

— A flauta doce que o Pedro tocava quando era garoto. Ele não encontrou, e ela está revirando a casa atrás da flauta, mesmo sem saber para o que é. E aproveitando para limpar e desinfetar tudo no caminho.

— O que ele quer com a flauta?

— Sei lá. Quer morrer com ela. Ele disse que o Paulo morreu com as chuteiras amarradas no pescoço. Sei lá no que ele está pensando. Vocês precisam acabar com isso, Daniel!

A voz de Mara no meu ouvido. Acho que eu nunca a tivera tão perto do ouvido. A voz da mulher dos nossos sonhos, maravilhosa, mesmo indignada, mesmo repetindo a frase dos outros, a frase que nós mais ouvíamos naqueles dias, que era preciso acabar com aquela loucura. Mas não era loucura. Agora eu sabia que não era loucura. Eu não podia dizer isso para a Mara, mas eu compreendia o Pedro. No corredor da morte, tudo era definitivo, tudo era ritual. Nem os violinistas de Paris tocando no velório pareciam uma má ideia. No corredor da morte, você já ultrapassou até o senso do ridículo, você quer só significado.

Kid Chocolate e Lucídio marcaram um encontro no meu apartamento para planejar o jantar de agosto. Tiago chegou mais cedo, tinha novidades. A Gisela estava falando com advogados e pensando em abrir um processo, contra mim, especificamente, como dono da cozinha mortal, já que o Clube do Picadinho tinha estatutos e brasão, feitos pelo Ramos, mas não tinha identidade jurídica. E as investigações do Kid começavam a esclarecer coisas que nós, obscuramente, já sabíamos, ou desconfiávamos, mas nas quais nunca quisemos nos aprofundar.

— O Samuel foi criado pelo Ramos, desde garoto. O Ramos pagou seus estudos e até uma certa idade o Samuel viveu com ele. Quando nós conhecemos o Samuel, no bar do Alberi, ele ainda morava com o Ramos.

Samuel Quatro Ovos, nosso herói. Cafajeste e sábio. Sátiro insaciável e santo magro. O que mais nos amava e mais nos insultava, o que nos convencera que teríamos o mundo e agora estava nos castigando pelo nosso fracasso em conquistá-lo. Ele nos educara pelo apetite e estava nos matando pelo apetite, docemente. Nunca soubemos nada dele. Talvez porque o preferíssemos como um mistério. Quando alguém perguntava sobre os pais do Samuel, ele respondia que tinham morrido da gripe espanhola. E se alguém lembrasse que era impossível, a epidemia de gripe espanhola chegara ao Brasil no começo do século, dizia "Então era a gripe asiática, não pedi os documentos".

— Ele e Lucídio já se conheciam?

— Não sei — disse o Kid. — A sua tese, não sei não.

Minha tese era de que o Samuel estava nos matando com a ajuda do Lucídio. Samuel estava, metodicamente, praticando eutanásia no Clube do Picadinho. Despachando os anjos um a um, livrando-os da companhia incômoda do seu corpo e da sua biografia insignificante, separando a Zulmira da Zenaide em definitivo.

— Sei não — disse o Kid.

— De qualquer jeito, a sua investigação não leva a nada Nós todos vamos morrer de qualquer jeito.

Tiago reagiu.

— Epa. Eu não pretendo morrer tão cedo.

Me surpreendi com a reação do Kid. Achava que, se participara do ritual até ali, era porque estava disposto a ir até o seu fim. Eu mesmo já tinha começado a pensar no cenário que montaria para morrer, depois de comer meu *gigot d'agneau* envenenado. Seria certamente algo envolvendo meu time de botões ou meus vinhos Saint-Estèphe. Talvez uma fotografia da Mara. Sim, Verônica Roberta não poderia faltar no tableau alegórico em que me encontrariam morto. Talvez ao lado de um bilhete, de um tratado, de um romance de suicida.

Lucídio chegou, formal e elegante como sempre. Disse que estava pensando em fazer uma espécie de rodízio de suflês para o jantar do Tiago. Três suflês em sequência, sem entrada e sem mais nada. Eu disse que o Pedro adorava suflês. Lucídio ficou em silêncio. Depois de acertar os detalhes do jantar, Kid Chocolate aproveitou para tirar mais algumas informações de Lucídio. Apenas para ser agradável, nada que o espantasse. As reuniões da confraria do fugu, em Kushimoto, quando eram? No fim do ano, respondeu Lucídio.

— Quer dizer que no ano que vem podemos não ter você entre nós... — brincou Tiago.

Lucídio continuou sério.

— No ano que vem eu não terei mais o que fazer aqui — disse.

Já terá nos matado a todos, pensei. E depois de nos matarem todos, o que fariam os dois, ele e Samuel? Caminhariam de mãos dadas rumo ao sol nascente, como irmãos que eram na ordem da escama do peixe hermafrodita? Ou Samuel apenas contratara Lucídio para fazer o serviço? Ou o serviço incluiria matar o próprio Samuel, que, pela ordem alfabética, seria o próximo depois do Pedro? Não era impossível que aquele fosse o tableau armado por Samuel para o seu próprio suicídio. Antes dele, toda a turma. Antes de se matar, mataria todos os que ficariam com uma memória dele. Mataria a si mesmo e à sua posteridade. Um suicídio total.

A preparação de Pedro para ser um executivo perfeito incluíra aulas de história da arte e música, e antes de encontrar a perdição conosco no bar do Alberi ele chegara a ser um bom tocador de música medieval na flauta doce. Pedro trouxe uma flauta doce para o jantar do Tiago. Não a flauta que tocava quando garoto, que dona Nina não conseguira encontrar, mas uma nova, igual, que comprara dois dias antes e passara dois dias tentando reaprender. Sim, daria um recital de flauta doce antes do jantar, antes dos suflês. Tocar flauta doce era a última coisa que ele fizera bem na vida. Destruíra as empresas deixadas pelo pai, destruíra seu casamento com a Marinha, mas se orgulhava de duas coisas, dos seus suflês e da sua flauta doce. Me disse tudo isso quando fui abrir a porta para ele, me agarrando pela frente da camisa. Estava de terno completo, com o paletó coberto de condecorações falsas. Botões de candidatos, escudos de times de futebol, medalhas de mérito industrial recebidas pelo pai, até tampinhas de garrafa presas na lapela. E estava perfumado como nunca.

— Um toque de anjo, entende? Um toque de anjo. Era o que a minha professora de flauta doce dizia. Você tem um toque de anjo. Isso no primeiro sopro que eu dei na flauta. Me lembro até hoje.

Tentei liberar a minha camisa.

— Entra, Pedro.

Mas ele não me largava.

— Tive que enganar todo mundo em casa. Não queriam me deixar sair. É possível até que a Mara apareça por aqui. Para me resgatar. A Marinha. Ela reapareceu, Cascão. A minha Marinha voltou.

— Vamos entrar, Pedro.

— Olha, Cascão. Quero que você fale no meu enterro. Certo? Tem que ser você, já acertei tudo. A Marinha sabe o que fazer. Quero ver você lá, Daniel!

— Está bem, está bem. Vamos entrar. A turma já está aí.

A turma cabia toda no meu escritório. Samuel, Tiago, Pedro e eu. O Clube do Picadinho feito picadinho. Tínhamos mais gente para brindar do que para fazer os brindes. Felizmente, Pedro esqueceu a flauta e fomos poupados do recital. Ele tinha se acalmado um pouco. Mas quando fomos para a mesa, convocados pelo Lucídio, fez questão de dizer algumas palavras, formalmente, antes da comida. Disse que nós não sabíamos, mas durante muito tempo dera dinheiro para o Paulo e as suas causas. Dera dinheiro até para a guerrilha armada. Era uma pena o Paulo não estar ali para confirmar. Paulo o chamava de reacionário de merda mas era para disfarçar. E fora ele quem dera um emprego ao Paulo quando ele não se reelegera.

— Olha — disse Pedro, como se a ideia acabasse de lhe ocorrer —, acho que as nossas empresas faliram porque eu dei dinheiro para a esquerda.

Nós todos sabíamos que Pedro tinha apoiado a repressão ativamente, e que só empregara o Paulo porque o irmão deste, que era da polícia política, pedira. Mas aquela era, para Pedro, a hora da verdade, para que estragá-la com a verdade? O Clube do Picadinho cuida dos seus. Que viessem os suflês.

Lucídio não precisou oferecer o pouco de suflê que sobrara na cozinha para apenas mais um. Pedro, que comera de todos os suflês da sequência com entusiasmo crescente, gritando “Melhores do que os meus! Melhores do que os meus!”, não esperou a oferta ritual da última porção. Disse “Mais, quero mais”. E “O homem é o homem porque quer mais!”. E Lucídio trouxe a última porção da cozinha, que Pedro comeu quase de uma garfada só.

Samuel, depois do conhaque, olhando fixamente para Lucídio, enquanto Pedro fazia um levantamento das melhores recordações da sua vida, e concluía que as maiores alegrias tinham sido na companhia dos seus cachorros, primeiro os cachorros, depois a Marinha:

— A arte das nossas necessidades é estranha, e faz de coisas vis, preciosidades.

Terceiro ato, cena dois.

Mas se Samuel e Lucídio eram cúmplices no nosso massacre cerimonial, como explicar o ódio no olhar do Samuel?

9.
CLUBE DAS MOSCAS

“Filoctetes”, disse Samuel. Tínhamos sido impedidos de entrar na capela em que Pedro estava sendo velado pelo irmão de Paulo, ex-Dops, hoje um aposentado sorridente, que nos pedira para respeitar a dor da família. “Vocês não”, dissera, sorrindo. Pela porta aberta da capela víamos dona Nina ao lado do caixão aberto, espantando moscas imaginárias de perto do filho e, vez que outra, reajeitando um fio de cabelo ou alisando a gravata do morto. Eu, Samuel e Tiago éramos como Filoctetes, o guerreiro ferido que ninguém queria por perto, cuja ferida fedia. Cheirávamos a mortalidade. Passáramos de esquisitos a grotescos, nosso lugar era na ilha do exílio de Filoctetes, longe das pessoas normais. Até a Mara entrara na capela sem olhar para o nosso lado. Nenhuma das especificações do Pedro para seu próprio velório estava sendo seguida e um discurso meu à beira do túmulo tinha sido vetado com vigor unânime pela família, principalmente pela dona Nina, que guardava de mim a lembrança de um menino insalubre cuja proximidade do caixão seria certamente uma ameaça para o morto. O Cascão não! Na noite anterior, Pedro chegara tarde do jantar e não entrara em casa. Dirigira-se ao canil nos fundos do quintal. Decidira morrer entre os seus cachorros. Fora encontrado morto abraçado a um boxer chamado Champion e sendo lambido por outro chamado Jackson.

Samuel, Tiago e eu saímos a caminhar pelo cemitério. Samuel estava ainda mais encurvado e sombrio, parecia envelhecer alguns anos a cada velório. Na noite anterior tínhamos concluído que estávamos num dilema: era recém-agosto e não havia mais membros do Clube do Picadinho para oferecer jantares. Tiago chegara a sugerir que se desse o ano por encerrado e o Clube do Picadinho como extinto, mas Samuel e eu não concordáramos. Pedro já se considerava morto e nem se manifestara. Ninguém disse, mas não parecia justo encerrar aquilo, o que quer que fosse aquilo, daquela maneira. Não era justo com os mortos. Foi quando Lucídio propôs oferecer ele mesmo um jantar. Faria crepes. Um jantar só de crepes. Por conta dele, um brinde, um abono. E assim ficara combinado que o jantar de setembro, no meu apartamento, seria uma homenagem de Lucídio ao Clube do Picadinho, aos seus mortos e aos seus sobreviventes, e seria um singelo jantar de crepes.

— Se a ordem é alfabética, o próximo é você, Samuel — disse Tiago no cemitério.

— Não gosto tanto assim de crepe — disse Samuel.

— Nem eu — disse eu.

— Nem eu — disse Tiago.

Nenhum de nós pediria mais crepes. Haveria um jantar em setembro, mas ninguém pediria mais e portanto eram poucas as possibilidades de haver um velório em setembro.

Naquele fim de tarde, enquanto Pedro era velado na capela, Samuel, Tiago e eu, os enjeitados, rondamos pelas alamedas do cemitério arrastando atrás de nós um silêncio que ficava cada vez mais pesado. Nem eu, que não sei ficar quieto, dizia qualquer coisa, e era visível que Kid Chocolate se controlava para não fazer as perguntas que queria fazer ao Samuel. Chegou a puxar ar para falar uma dezena de vezes mas não teve coragem. Finalmente quem falou foi o Samuel, depois de parar diante da estátua de um anjo empunhando uma espada que adornava um dos mausoléus.

— Em várias culturas — começou Samuel, quando retomamos a caminhada, no tom de quem argumenta para si mesmo — existe a figura do Executor Sagrado. É o assassino necessário, que faz a sua parte num ritual necessário, e nem sempre é compreendido. Quase sempre é banido, e só é compreendido depois, quando vira mito. O próprio Caim, que na Bíblia é um vilão, se transforma com o tempo numa figura respeitável. Caim o patriarca, o fundador de cidades...

Pensei que ele estivesse fazendo a sua defesa e arrisquei:

— O Executor Sagrado se autodetermina ou é determinado por outro?

— Ninguém o determina. A história o determina. A necessidade o determina.

— Mas quem decide que o ritual é necessário? No nosso caso?

— Como, no nosso caso?

Tínhamos parado de caminhar.

— No nosso caso, Samuel.

Tiago não se conteve. Kid Chocolate, o obsessivo, precisava ser prático.

— Você e o Lucídio já se conheciam, não é, Samuel?

Ele ficou em silêncio. Depois fez que sim com a cabeça. E acrescentou:

— Ligeiramente.

— Ele é o Executor Sagrado. E você o que é?

A pergunta fora minha. Ele balançou a cabeça tristemente. Recomeçou a caminhar e nós o seguimos. Não se virou para dizer:

— Vocês não estão entendendo nada.

Chegamos de volta na capela quando o cortejo estava saindo. Fomos atrás do cortejo, mantendo a nossa distância de exilados. Avistei a Gisela, que me virou a cara. E o sr. Spector, que mais uma vez me fez sinais semafóricos que entendi como o anúncio de uma visita próxima. Ficamos longe enquanto Pedro era colocado no jazigo da família, ao lado do pai, sem nenhum discurso. Mara amparava dona Nina, que parecia tranquila. Seu Pedrinho estava finalmente livre de qualquer contágio. Só quando a pequena multidão começou a se dispersar é que Samuel, que ficara do meu lado, falou outra vez.

— No nosso caso, eu sou o executado.

Tínhamos ido ao velório no carro do Tiago. Eu não tenho carro. Nunca me deixaram dirigir. Desde pequeno tenho uma vocação natural para o desastre. É a minha única vocação aparente. Na volta do cemitério, Tiago disse:

— Vocês eu não sei, mas eu acho que a gente deve acabar com essa brincadeira.

Samuel e eu não dissemos nada. Tiago continuou:

— Tudo bem. Vamos fazer nosso último jantar, comer os nossos crepes, e parar com essa história. Hein?

Continuamos em silêncio. Samuel no banco da frente ao lado do Kid, eu atrás.

— E acho que devemos denunciar o Lucídio antes que alguém o faça. A Gisela está se movimentando. Diz que vai investigar a morte do Abel, vai processar. Qualquer dia prendem o Lucídio e nos prendem também, como, sei lá, cúmplices. E outra coisa...

— "*Wanton boys*" — disse eu. Samuel virou a cabeça.

— O quê?

— "*Wanton boys*". De onde é?

— Shakespeare. *Rei Lear.*

— Vocês não estão me ouvindo, porra? — explodiu o Kid.

Está aqui a citação. Comprei um *Rei Lear* de bolso no shopping no dia seguinte. Meu inglês é pior do que minha memória, não foi fácil localizar todas as citações que tinha ouvido da boca do Lucídio e do Samuel naqueles meses. Mas "*wanton boys*" está aqui. Ato quatro, cena um. "*As flies to wanton boys are we to the gods; they kill us for their sport.*" Como moscas para meninos maus somos nós para os deuses, eles nos matam para o seu divertimento. Ramos me falara nos seus "*wanton boys*", um no Brasil e outro em Paris. O do Brasil era o Samuel, um "*wanton boy*" para ninguém acrescentar defeito. O de Paris seria Lucídio. Lucídio talvez tivesse feito seu curso de culinária financiado pelo Ramos. Que transmitira aos dois seu gosto por "*Shakespeare and sauces*". Que provavelmente os fizera decorar todo o *Rei Lear*. O que, a julgar pela amostra que eu estava tendo, não era exatamente uma prova de amor. Na versão que comprei no shopping as notas de pé de página explicando as palavras ininteligíveis ocupam boa parte da página. As explicações são maiores do que o texto! Durante aqueles meses Lucídio e Samuel tinham feito um torneio de citações do *Rei Lear*. Fosse o que fosse que estivesse acontecendo, aquela era uma história entre Lucídio e Samuel. Não era sobre nós, sobre o nosso castigo ou a nossa redenção. "Eu sou o executado", dissera Samuel. Nós éramos apenas as moscas. Estávamos morrendo como moscas.

* * *

Meu pai cumpriu sua ameaça de cortar o meu sustento. Não está entrando nada no banco. A Lívia não me deixará morrer de fome, mas preciso arranjar um jeito de ganhar dinheiro para comprar minhas nozes. Não sei fazer nada. Uma vez pensei em escrever livros de culinária especializados. Um guia só de comidas afrodisíacas, outro só de comidas vermelhas, ou brancas, ou marrons. Um livro de receitas de comidas exóticas de várias partes do mundo, como cachorro, macaco, formiga, gafanhoto. Uma compilação de casos de comida feita ou consumida em situações estranhas, como ovos fritados no asfalto, pizzas com três metros de diâmetro ou geleia lambida do umbigo. Não deve haver mercado para as minhas histórias das xifópagas lésbicas, ainda mais agora que elas entraram na sua fase de terror terminal, com Zenaide forçada a uma vigília eterna para não ser mordida pela irmã vampira, mantendo-se acordada, e Zulmira distraída com intermináveis divagações sobre a condição humana, o apetite, a obsessão e a morte. Lívia acha que eu devia escrever para crianças, já que nunca cresci. Tenho pensado em maneiras de adaptar as histórias das xifópagas lésbicas para crianças.

Tiago chegou no meu apartamento para o jantar dos crepes de bom humor. Disse:

— Vamos combinar que hoje ninguém envenena ninguém. Hein?

Lucídio estava na cozinha. Samuel estava afundado numa das poltronas de couro do meu escritório. Depois de abrir a porta para Tiago, voltei à poltrona oposta, da qual, durante os últimos quinze minutos, eu observara o silêncio sinistro de Samuel. Não demos qualquer atenção ao Tiago, que recolheu seu sorriso, atirou-se em outra poltrona de couro e também se resignou ao silêncio reinante. Samuel não dissera uma palavra desde que chegara. Depois de mais cinco minutos de silêncio, falei eu.

— Você é quem está sendo executado.

— É.

— Pelo Lucídio.

— É.

— Por quê?

— Vingança.

Ficamos esperando que Samuel continuasse, mas ele não estava disposto a facilitar nosso interrogatório.

— O que o Lucídio está vingando? — perguntou Tiago.

— A morte do Ramos.

Tiago e eu nos entreolhamos. Era a minha vez:

— O que você teve a ver com a morte do Ramos?

— Eu fui o executor.

Pensei imediatamente na aids. Samuel se sentia responsável pela doença do Ramos, de quem era amante. Mas Tiago não teve o mesmo raciocínio. Kid Chocolate não lidava com metáforas. Preferia as suas histórias policiais simples e diretas.

— O Ramos morreu de aids.

— Não, morreu envenenado. Eu o envenenei.

Continuei pensando que era metáfora.

— Você o envenenou com o vírus.

— Não, envenenei com o molho de menta.

Lucídio entrou no escritório e disse que havia dois tipos de caviar para servir nos crepes de entrada. Preto ou vermelho. Gostaríamos dos dois ou tínhamos alguma preferência? Votamos nos dois por unanimidade. Lucídio voltou para a cozinha.

* * *

O Executor Sagrado, afinal, era Samuel. Ele executara o Ramos para apressar a sua morte. Não estava pensando em Lucídio quando lembrara o Executor Sagrado, no cemitério. Era ele o assassino necessário. Lucídio era a retribuição. Nós éramos as moscas.

— Espera um pouquinho, espera um pouquinho...

Kid Chocolate não estava entendendo nada.

Pediu ajuda.

— Você envenenou o Ramos, o Lucídio ficou sabendo...

Eu interrompi:

— Como o Lucídio ficou sabendo?

— O Ramos contou. Escreveu para ele do hospital, no último dia.

— O Ramos sabia que você o tinha envenenado?

— O Ramos pediu que eu o envenenasse.

— Espera um pouquinho, espera um pouquinho...

— Você pôs veneno no molho de menta, no último jantar do Ramos, porque sabia que só ele comeria molho de menta com o cordeiro. Porque você o amava e queria encurtar seu sofrimento. Porque ele pediu.

Samuel estava com os olhos fechados, sustentando a cabeça com a ponta dos dedos nas têmporas. Abriu os olhos e me fitou por um longo tempo antes de dizer:

— Eu amava todos vocês, Daniel.

Kid Chocolate estava impaciente.

— Espera um pouquinho. Vamos recapitular...

— O que, exatamente, você esperava de nós, Samuel? Você devia saber, desde o começo, que nenhum de nós ia dar em nada. Desde os tempos do bar do Alberi, você sabia que ninguém ali ia ser porra alguma. Você quis nos salvar, você teve todos os vícios por nós, você brigou por nós, você quase se matou por nós, você até comeu a Mara por nós, e nunca soubemos o que você esperava que nós fôssemos.

— E agora é tarde — disse Samuel, sorrindo com seus dentes pretos.

Tiago queria voltar ao que interessava. Se Lucídio queria se vingar de Samuel pela morte do Ramos, por que não o envenenara primeiro? Por que matara toda a turma e deixara Samuel para o fim? Samuel fez um gesto com as duas mãos na minha direção, ainda sorrindo. Querendo dizer que me cedia o direito de responder por ele. O palco era meu.

— Porque os dois são meninos maus, Kid. Porque Lucídio queria provar para Samuel que podia ser mais cruel do que ele. Porque a maior vingança de Lucídio não era só matar o Samuel, era matar todos os que ele amava, antes. Nosso papel nesta história toda foi de moscas.

— E porque ele... — completou Samuel, indicando Lucídio, que acabara de entrar no escritório para avisar que estava servido — é um crápula.

E acrescentou, levantando-se da poltrona:

— No mau sentido.

Fizemos brindes com vodca gelada à fome, ao Ramos, ao Abel, ao João, ao Marcos, ao Saulo, ao Paulo e ao Pedro. Lucídio ficou de pé ao lado da mesa enquanto comíamos os crepes de entrada, com caviar vermelho e preto. A conversa não era com ele.

— Você ficou quieto — disse Tiago. — Deixou que ele fosse nos matando um a um...

— Eu queria ver até onde ele iria — disse Samuel, espremendo limão no caviar preto. — Chame de curiosidade mórbida.

— Mas, mas...

Tiago estava a ponto de esquecer o caviar, na sua indignação. Não pretendia se engasgar com caviar.

— E o que nós estamos fazendo aqui, Kid? — perguntei. — Por que nós nos deixamos envenenar? Ninguém faltou a um jantar do Lucídio. Fora os mortos, claro.

— Eu sempre vim pela comida, não pelo veneno.

— Mas veio.

Samuel acabara seus crepes com caviar. Sempre comia mais depressa do que os outros. Disse:

— Vocês sabiam, desde o começo, que isto era uma retribuição. Que o Lucídio era um executor. Só pensavam que o ritual era com vocês, que a retribuição era com vocês, que o pecado era o de vocês. Todos morreram convencidos de que mereciam.

— Menos o André — corrigi.

— Quem?

— O André.

Tínhamos esquecido do André nos nossos brindes. André, o sacrificado acidental. No fim, o único inocente desta história.

— De qualquer jeito, agora acabou — disse Tiago.

— Não acabou — disse Samuel.

— Acabou, acabou. A Gisela está agindo. Vai processar. Eu também vou tomar providências. Esta loucura acabou. Executor Sagrado, retribuição... Que cretinice é esta? O nome disto é assassinato, meus caros.

Tiago olhou para Lucídio, que estava recolhendo os pratos vazios, e se viu obrigado a acrescentar:

— Nada pessoal.

Depois dos crepes de entrada vieram crepes com coberturas variadas, que Lucídio espalhou pela mesa. Tiago insistiu que Lucídio sentasse à mesa conosco, para mostrar que não havia ressentimentos. Afinal, esquecendo o resto, Lucídio era um grande cozinheiro que merecia nossa admiração e respeito. E Tiago viu com satisfação Lucídio provar de tudo que tinha feito, junto com os outros.

Comemos os crepes com moderação. Ninguém ali era louco por crepe. Lucídio ofereceu-se para fazer mais alguns, mas nós todos recusamos. Para Tiago, o importante era não deixar Lucídio longe da nossa vista por um segundo. Principalmente dentro da cozinha.

— Tem certeza que não quer mais? — perguntou Lucídio a Tiago.

— Obrigado, não.

— Sobremesa?

Tiago hesitou.

— É crepe, também?

— Não. Marquise de chocolate.

Tiago engoliu em seco.

— Marquise de chocolate?

— É. Mas tem um problema...

— Qual?

— Só tem para um. Não tive tempo...

Kid Chocolate nos olhou com uma expressão de dor. O que estavam fazendo com ele?

— Come você, Kid — disse eu.

— Pode comer, Tiago — disse Samuel. — Eu não quero.

— Mas eu também não quero! — gritou Tiago.

— Então como eu... — disse Lucídio, começando a dirigir-se para a cozinha.

— Espere!

Lucídio voltou. O Kid perguntou como ele fazia a marquise de chocolate. Lucídio pôs-se a descrevê-la. À medida que Lucídio falava, Tiago parecia desabar lentamente, como uma implosão em câmara lenta. Quando Lucídio terminou sua descrição, Tiago estava encurvado sobre a mesa, com os braços pendentes e a testa encostada na toalha. Não saiu dessa posição para pedir:

— Traz.

Lucídio, de pé ao lado da mesa, enquanto Kid Chocolate devorava a marquise com lágrimas escorrendo pelos lados do rosto:

— Quem sabe a diferença entre um bobo amargo e um bobo doce?

Já localizei. Ato um, cena quatro.

Samuel ergueu-se da sua cadeira e postou-se à frente de Lucídio.

Samuel:

— Precisamos marcar o jantar de outubro.

Lucídio:

— Dia 15.

Samuel:

— Aqui mesmo.

Lucídio:

— Eu cozinho.

Samuel:

— Meu prato favorito é picadinho de carne com farofa de ovo e banana frita.

Lucídio:

— Seu prato favorito é cassoulet.

Samuel:

— Mudei.

10.
A VISITA DO SR. SPECTOR

Coisas que amam a noite não amariam noites como aquela. Rei Lear, me pergunte qualquer coisa. "*In such a night...*" Foi numa noite de tempestade shakespeariana, com relâmpagos artificiais e trovoadas de folhas de flandres, que Samuel e Lucídio se encontraram para a cena final da sua história, no meu apartamento, nos meus salões vazios. No enterro do Kid Chocolate, a que assistimos de longe porque não nos deixaram entrar no cemitério, Samuel tinha dito:

— Claro que vou ao jantar. Devo isso à turma.

— Em nome da turma, eu libero você da dívida.

— Agora é tarde.

"*In such a night...*" Chovia, ventava, as minhas vidraças estremeciam e no momento em que Lucídio entrou no grande salão trazendo a bandeja com o picadinho, a farofa com ovo e as bananas fritas da cozinha, a luz se apagou. Por um bom tempo só os relâmpagos iluminaram a cena, Samuel e eu comendo o picadinho, enchendo a boca de picadinho, de farofa com ovo e de banana frita e roncando como porcos, Lucídio em pé ao lado da mesa, com suas costas retas, seu longo avental branco e a toalha da mesa e as paredes ficando azuis a cada relampejo, e nós empurrando a comida para dentro com coca-cola, como fazíamos no bar do Alberi. Quando a luz voltou, já tínhamos terminado. Lucídio perguntou ao Samuel se ele queria mais. Samuel respondeu que não.

— Não?

— Olhe, não leve a mal. Mas o picadinho do Alberi era muito melhor do que este. Picadinho não é o seu forte.

— Tem certeza que não quer mais?

Samuel demorou a responder. Na rua, cataratas e furacões e os ventos estalando suas bochechas.

— Está bem — disse Samuel. — Me traga outra banana frita.

Se Samuel tinha preparado uma última frase, não teve tempo para dizê-la. Morreu oito minutos depois de comer a banana, contorcendo-se em dores. Foi o único que eu vi morrer. Acompanhei sua agonia paralisado, agarrado à borda da mesa, sem poder desgrudar os olhos do seu corpo em convulsões sobre o meu parquê. Ver o Samuel morrer me curou de qualquer ideia de também me deixar envenenar, de cumprir o ritual até o fim. Aquela história tinha acabado. Não sei por que eu tinha sido poupado. Talvez por isto, para ser o que sobrou para contar a história. Quando os espasmos do Samuel cessaram, comecei a me levantar, mas Lucídio me deteve com um gesto. Ele carregou o corpo até um dos meus sofás. Depois disse, enquanto começava a limpar a mesa.

— Chame uma ambulância.

— Ambulância?

— Vão diagnosticar um ataque do coração.

— Mas a família dele...

— Ele não tem família. Não tem ninguém.

— Mas vão desconfiar...

— Por quê?

— Mais uma morte.

— E daí?

Lucídio estava a caminho da cozinha. Sentei-me outra vez, atordoado. Depois dei um salto. A ambulância. O telefone. Onde ficava o telefone? Estava na minha própria casa e não sabia onde ficava o telefone. Só descobri porque ele começou a tocar. Guiei-me pelo som para encontrá-lo. Era a Lívia. Para saber se eu tinha comido.

— Comi, comi.

— O quê?

— O que o quê?

— O que você comeu, Zi?

— Picadinho. Farofa. Banana.

Lívia estranhou. Aquilo não estava entre os congelados que ela estocara na minha geladeira para a semana. Picadinho? Farofa? Banana?!

— Vou até aí, Zi. Você parece estranho.

— Não! Com essa tempestade? Fique em casa.

— Que tempestade?

Olhei pela janela. Não havia tempestade.

— Eu estou bem. Já vou dormir. Amanhã a gente se fala.

— Você soube da Gisela?

— Não. O que houve?

— Ela morreu.

— O quê?! Como?

— Parece que foi coração.

— Coração? Com dezoito anos?

— Pois é.

Lucídio se encarregou de contar o que tinha havido para o pessoal do socorro médico. Eu não estava em condições de falar. Nós estávamos comendo e, de repente, Samuel levara a mão ao peito, e quando víramos ele estava embaixo da mesa. Tínhamos tentado reanimá-lo, sem sucesso. Não, não conhecíamos sua família. Ele vivia sozinho. Quem devia ser avisado da sua morte? Não tínhamos a menor ideia. Quem se encarregaria das despesas com o sepultamento? Lucídio me consultou com o olhar. Fiz que sim com a cabeça. E comecei a pensar no que podia vender, do meu apartamento, para conseguir o dinheiro.

No velório de outubro, do Samuel, só eu e o sr. Spector. Lívia não me acompanhou. Não está mais falando comigo, desde que soube da morte do Samuel no meu apartamento.

Não adiantou eu jurar que fora mesmo coração, que não tinha nada a ver com os jantares, com a turma, com a loucura. O sr. Spector se aproximou discretamente e perguntou: “Câncer?”. Respondi “Coração” e ele balançou a cabeça e disse uma coisa que eu na hora não entendi:

— Aposto que ele não se arrependeu.

Combinei com o sr. Spector que ele me visitaria dali a dois dias, para conversarmos. Ele compreendia, aquele não era o momento, não era o momento. Depois de enterrar o Samuel, peguei um táxi e pedi para ser levado ao nosso velho bairro. Fazia anos que não ia lá. Onde era o bar do Alberi agora tem uma locadora de vídeo. Fiquei na calçada olhando para o prédio novo e tentando me lembrar como era o antigo. Não consegui me lembrar. Peguei outro táxi e voltei para a minha casa na árvore. Se eu fora poupado para lembrar, faria um péssimo trabalho. Por isso comecei a escrever.

O sr. Spector começou dizendo que ouvira falar da nossa “organização” através de um amigo, e que o que nós estávamos fazendo lhe interessava porque vinha ao encontro de uma ideia sua, na verdade não só sua mas de um grupo de pessoas que ele representava, entende? Um grupo.

— O que nós estamos fazendo?

— É. Não sei como se chamaria... Execuções misericordiosas?

— "Execuções misericordiosas"?

— Mortes clementes?

— "Mortes clementes"?

— Prazeres terminais?

— "Prazeres terminais"?

— Como você chamaria, dr. Daniel?

— Como eu chamaria o quê?

— O que vocês fazem, matando as pessoas com o excesso do que elas mais gostam?

Ele interpretou meu silêncio como precaução e se apressou a dizer que eu podia confiar nele, que tudo que acertássemos seria estritamente confidencial.

— Sim. Hmm. Certo. Esse seu amigo... Eu posso saber o que ele lhe disse?

— Na verdade é mais do que um amigo. É meu primo. Um médico. Ele estava tratando de um paciente com câncer terminal que decidiu recorrer, digamos assim, aos serviços da sua organização. Que vocês mataram. Este meu amigo, primo, não aprovou, claro, se bem que ele não seja inteiramente contrário ao conceito.

— Conceito?

— Da... eutanásia festiva?

— "Eutanásia festiva"?

— Retirada orgiástica?

— "Retirada orgiástica"?

— Estouro final?

— "Estouro final"?

— Apoteose compadecida?

— "Apoteose"... Escute, o que, exatamente, esse cliente disse para o médico?

— Que vocês matavam pacientes terminais da maneira que eles quisessem. Com excesso de boa comida, com excesso de sexo, com excesso do que lhes desse prazer.

O João sempre fora um mentiroso.

— E qual é, exatamente, a sua proposta?

— Eu represento um grupo de pessoas interessadas em participar dessa iniciativa.

— O senhor representa um grupo de pessoas interessadas em investir na nossa, hmm, organização?

— Não, não. Interessadas em contratar os seus serviços. Interessadas em morrer nas suas mãos.

Não sei que cara eu fiz, mas o sr. Spector acrescentou rapidamente:

— E dispostas a pagar bom dinheiro por isso. Adiantado, claro.

— Claro.

Pedi tempo para pensar. Precisava consultar os outros membros da, hmm, organização. Nunca tínhamos pensado em expandir nossos serviços daquela maneira. Fazíamos o trabalho só para amigos. Éramos quase uma espécie de clube, assim, da morte. Fabricávamos anjos, mas só anjos conhecidos, se bem que ninguém que morria nas nossas mãos, pedindo sempre mais, mais, podia ser chamado de anjo, o senhor compreende, precisamos pensar nos detalhes funcionais, nas conotações morais, nas possíveis implicações legais, não é fácil. O sr. Spector disse que compreendia. Ficou acertado que o sr. Spector voltará amanhã para saber a nossa resposta. Na saída perguntei se o sr. Spector também era um doente terminal e ele disse que não, com um ar modesto. Apenas um intermediário. Mas confessou que muitas vezes pensara na felicidade que seria poder planejar o próprio fim. Seria um pouco como olhar o fim de uma história de mistério antes de ler. Lia-se com mais inteligência.

Telefonei para o Lucídio, temendo que ele tivesse abandonado a cidade. Mas ele continuava no mesmo apartamento. Não tinha a menor intenção de sair da cidade. O que significava que não tinha o menor medo de que eu revelasse tudo o que sabia sobre a sua terrível vingança. Como ele também eliminou a Gisela, sei lá como, e como não há possibilidade de eu denunciá-lo, pois estaria confessando minha cumplicidade no caso, só precisa esperar o tempo passar e as pessoas esquecerem o triste fim do Clube do Picadinho para abrir um restaurante com o dinheiro que sobrou da herança do Ramos. Falei da visita do sr. Spector e contei da sua proposta, esperando ouvir a risada do Lucídio. Mas Lucídio nunca ri. Ele perguntou se eu tinha certeza de que o sr. Spector era mesmo o que dizia ser. Podia ser um inspetor, talvez estivesse fazendo uma investigação, talvez tivesse inventado aquela história sobre o grupo que queria morrer de prazer porque sabia que eu gostava de histórias improváveis. Sugeriu que convidássemos o sr. Spector para jantar e conversar sobre a sua proposta, amanhã. E disse:

— Afinal, eu ainda não fiz o seu *gigot d'agneau*...

Hoje, quando o sr. Spector chegar, vou convidá-lo para o jantar. Espero que ele também goste de *gigot d'agneau*. Cada vez que penso na sua ideia, mais eu gosto. Se Lucídio topar, poderemos ganhar muito dinheiro. Eu preciso de dinheiro. Os Saint-Estèphes estão cada vez mais caros e eu não tenho mais nada no apartamento para vender, a não ser os quadros do Marcos que ninguém quer comprar. Com o sr. Spector nos agenciando, trazendo clientes para as nossas apoteoses compadecidas, poderemos pensar em expandir o negócio e aproximá-lo da mentira que o João inventou para o seu médico, do exagero do nosso contador de anedotas. Nos vejo não apenas matando doentes terminais com grandes jantares nos meus salões vazios mas organizando cruzeiros de moribundos pelo Caribe, excursões milionárias de casos perdidos pelas capitais da Europa, pelos antros de perdição da Ásia, pelos prazeres definitivos do mundo, proporcionando aventuras mortais, êxtases finais, extremos fatais, orgasmos zenitais, congestões monumentais a quem quer mais, sempre mais, e mais, mais, mais, mais, mais, mais, mais, mais, mais, mais, mais, mais... Daniel, chega!

ESTA OBRA FOI COMPOSTA PELA PÁGINA VIVA EM UTOPIA E
IMPRESSA EM OFSETE PELA GEOGRÁFICA SOBRE PAPEL PÓLEN BOLD
DA SUZANO S.A. PARA A EDITORA SCHWARCZ EM NOVEMBRO DE 2022

FSC
www.fsc.org
MISTO
Papel produzido a partir de fontes responsáveis
FSC® C019498

A marca FSC® é a garantia de que a madeira utilizada na fabricação do papel deste livro provém de florestas que foram gerenciadas de maneira ambientalmente correta, socialmente justa e economicamente viável, além de outras fontes de origem controlada.